庫 JA
〈JA1189〉

リライブ

法条 遥

早川書房
7518

目次

プロローグ 9
1 四季 16
2 私記 40
3 死期 58
4 始期 76
5 色 96
6 指揮 112
7 式 133
エピローグ 205
時のエピローグ 210
四季のエピローグ 214
時と四季のエピローグ 223
あとがき 235
解説／佐々木敦 247

リライブ

本作は『リライト』『リビジョン』『リアクト』の内容に触れています。

プロローグ

「……女の子だ」

またか。

「……名前は？」

どうせ、決まっている。

「小さいなあ、他の赤ん坊より、一回り小さい」

悪かったな。私が望んだわけじゃない。

「小さいから……、名前は」

どうせまた、いつものなんだろう?

「小霧《さぎり》……、ではどうかな?」

ほら、やっぱり。
何時でも、私は小霧で、
何度繰り返しても小霧で、
望んでも望まなくても、私は小霧だ。
小霧以外の何者にもなれず、
終生、小霧のまま終わり。
そして次の人生でも、私はまた小霧になる。
小霧のまま、小霧になり、小霧と呼ばれ続け、小霧にしかなれず、小霧のまま終わり、
小霧のまま、また始まり、また終わって、もう一度小霧で、繰り返してさらにもう一度小

霧だ。

小霧以外になったことはなかった。

生まれて死んで、死んでからまた生まれて、それを千回繰り返しても、私は小霧。

そして今回も、また。

「……女の子です」

何かにくるまれたような感覚のあと、男性らしき人物の声が聞こえた。医者だろうか。

「女かあ、男の子じゃないのか……」

少しだけ落胆するような、別の男性の声。

（ちっ……）

生まれてすぐに私がしたのは、泣くでも笑うでも、乳を欲しがるでもなく、舌打ちだった。

（この前死んだのは……、確か、メリケンとの戦争中か？　恐らく戦争は終わっているだろう。それも、この国が負ける形で。ということは今、この国は植民地か？　……とんだ時代に生まれたものだ）

ましで、この国にはまだ『第一子には男のほうが望ましい』という、長男崇拝の意識も残っているらしい。まったく、反吐《へど》が出る。

「いいじゃない。女の子だって。ほら、こんなに可愛い……」

これは、母親の声だろう。

「ああ、とにかく無事に生まれてきてよかった……。で、あなた、名前はどうするの？」

笑うべきだろうか、泣くべきだろうか、私はそれを考えていた。

覆《くつがえ》せない運命だとわかりきってはいるものの、それで黙って耐えているような性格の私ではない。だから、一度名付けに関して、ぎゃんぎゃん泣き喚いて抗議したことがあるが、それでも無駄だった。

（いっそのことだ、今ここで『声』を出して抗議するべきか？　『おい、小霧だけは止めろ』『他の名前なら何でもいいが、小霧だけは止めろ』と）

だが、心でそう思っても、まだ赤ん坊である肉体は、言葉として認識できるような『声』を出せるようにはできていないのだ。

だから、結局のところ、こうなる。何度でも何遍でも、こうなってしまう。

「決めたよ。小さな霧と書いて、『小霧』でどうだろう？」

知ってたよ。お父さん。今回のお父さん。

千年も前から、私はその名を知っていた。

だって千年前も、私は小霧だったのだもの。

「あら、可愛い名前ね。うん、それでいいわ」

いやいや、お母さん。今生のお母さん。

両親がそれでよくても、まず子供に確認を取るべきと思わないのですか？

そりゃあ、この年頃の赤ん坊は、字も声もわからない。

だけれども、紙に書いて、どちらに顔を向けるかで選ばせるとか、何か、選択できる方法を考えるべきなのでは？

（とんでもなくダサい名前でもいい……。少々誤解を生むかもしれませんが、『小霧』じゃなければ、私は男児につけるような名前でもいいんだよ。とにかく小霧だけはもう勘弁なんだ！）

「あら、この子笑ったわ。小霧という名前が気に入ったみたい」

「本当だね。なら、小霧にしよう」

そう両親が笑う横で、私は赤ん坊でありながら、仏頂面を出せる方法を真剣に考えていた。

（神様、毎度のことですが、私は何か、罪を犯しましたか？　『最初』なんてもう覚えていませんが、『こうなる』きっかけが何か、教えていただけませんか？）

そう、もはや私は『こうなる』ことに関して諦めているのだ。

ただ、とにかく、これだけが納得がいかないのだ。

「じゃあ、小霧」

「ええ、小霧……」

なぜ……？
どうして……？
何の理由で……？
何の因果があって……？
なぜ、私は『小霧』という名前から、逃れられないのだ！

一九九二年、七月一日正午ちょうど。国枝《くにえだ》小霧は誕生した。
その前は、一九二三年十二月四日に一条《いちじょう》小霧として生まれ、一九四三年、戦火によって死亡した。
その前は、一八七八年六月十三日に園田《そのだ》小霧として生まれ、一九〇三年に疫病によって死亡した。
その前は……、
………、
……、
そして、最初に誕生したときも、小霧は、やはり『小霧』として生まれた。
千秋《ちあき》小霧として。

両親は、オオクニヒコとカスミ。
そして、血が繋がらない兄の名を、ヤスヒコと言った。
そのはず、だった。

1　四　季

「言うなれば、『時を翔る少女』とでも、言ったところでしょうか」

式場スタッフのその言葉に、私は思わず苦笑を漏らしてしまった。

その様子に気がついたのか、スタッフの男性は、恐らく、私に向かって気まずそうな声で確かめた。

「あ、申しわけありません。『少女』は失礼でしたね」

「いえ……」

まさか真実を言えるわけがないので、私は控えめに首を振って、スタッフに『気にしてはいません』とジェスチャーで伝えた。

さて、何のことかと言えば、結婚式である。

一昔前……バブルの頃は、それこそド派手で、または奇抜で、あるいは招待客の度肝を抜くような、金を掛けた演出が流行ったそうだ。

だが今は、一回りしてお色直しも一回だけ、最初はウェディングドレスで披露宴が始まり、料理の途中で衣装を代え、和風の着物にする、という大人しげな式が流行っている。

そんな現在の状況を、スタッフが『時は昔に戻る』という意味で『時を翔る』と評したのである。

しかし私が苦笑したのは、その回帰している最近の流行についてではない。

式場スタッフの言葉から別の連想をしたのだ。

時を、駆ける少女。

時を、書ける少女。

時を、欠ける少女。

時を、賭ける少女。

いずれもが私に当てはまり、同時に、そのすべてに当てはまらない。

なぜなら……いや、何だろう。こんなふうにして語ることに何の意味があるのだろうか。

どうせ、私はまた繰り返す。

何をしたところで、繰り回す。

戦争が起こってすら、変わらなかった。

そもそも、戦争など、太平洋戦争以前から何度も、私は体験してきている。

その頃は『戦《いくさ》』と言って、武器は刀や槍《やり》や弓矢が中心だった。

そういえば、その頃に一時武家に嫁いだことがあったな、と思い出した。

そうだ。嫁いだのではない。売られたのだ。

結局、武家の後妻に子ができないのでは話にならん、と言われて追い出されたのだが。

あの時は、確か頼る先もなく、そのまま川辺で野たれ死んだのだった。

その次に生まれたら、今度は貴族に転生したのは、自分でも笑った。

私は扱えないのでわからないが、インターネット、というパソコンの中の世界の百科事典に、その頃の私の名前が残っているのにも、おかしくなった。

歴史上の人物、と現代の人々が呼んでいる存在が、私なのだ。

そう、変わることのない、私の名前……。

「どうした、小霧？」

『今回』の夫になる予定の男性が、私に尋ねる。

「やっぱり見えないんじゃ、不安か？」

「いいえ」と私は返した。「もう慣れているから、平気です」

「そうか」夫になる予定の人が、頷いたようだ。「では、このプランでお願いします。支払いは……」

「はい、はい」

スタッフの人が電卓を打ち出した音がしたので、打ち合わせは終わった。

その後、私たちは式場を出た。私のパートナーは喉が渇いただろうと言って、外の自販機で飲み物を買って、私に渡してくれた。

ちゃんと、私の手を取って。

無理もない。そうでないと私にはわからないのだ。

なぜなら……。

「小霧」夫になる予定の人が、言う。「何か、不安そうだったけど……大丈夫。目が見えなくても子供はきっとできるし、俺たちは幸せになれるから」

「……」

私は、沈黙で返すしかなかった。

ごめんなさい。あなた。

申しわけありません、愛する人。

赤ちゃんは、生まれないのです。

そして恐らく、そんな私に愛想をつかして、あなたは私から離れてしまうのです。

これまでも、ずっとずっとそうだった。

私は、たとえ誰かと結ばれても、死ぬ時は一人だった。

死んでまた、私は私になるのです。

もう、決まっているのです。
逃れられないのです。
何千、何万と、繰り返された『現実』なのです。
そのことを思い出しても、もはや私は涙すら出なかった。
だから、
「ええ」
と、頷くしかなかった。

こんなふうに書いても、意味がわからないだろうから、ちゃんと説明しよう。
私は、国枝小霧。
四季を繰り返す女だ。

私は、とある理由があって、今、この文章を書いている。
誰に見せるわけでもないし、何かを説明したり、弁明したり、言いわけをしようというのではない。

それならば、何のためにに、ということになるのだが。あえて言えば『体験談』である。

人類が、この地球で、一体いつまで覇者でいられるのか、文明を築いていられるのか、もしくは遠い将来、宇宙に人類が飛び出して、機動戦士なんちゃらよろしく戦争でも始めるのか。それは、私にはわからない。

とある理由があって、少なくともこの後千年、西暦で言うところの三〇〇〇年まで人類は存続しているのを私は知っているが、まあ、この理由もおいおい語ることになるだろう。

話を戻そう。

まさに、私と同じケース……、パターン……、呪い……、災難……。どう書いていいか自分でもわからないが、とにかく『私と同じようになってしまった人間』のために、私は今、これを書いて残している。

ある人から、それが優しさだと教えてもらったからだ。

その意味で、私は『その人』のために、これを書いているのかもしれない。

他ならぬ、私の兄である。

名を、保彦という。今は、これだけしか言えない。

……前置きが長くなって恐縮だが、少なくとも、これだけは言っておく。

私は今、幸せです。お兄ちゃん。

子供も生まれました。お兄ちゃんの義理の甥《おい》に当たります。とても可愛いです。

『自分の子供』を見ることが、この手に抱けることが、その声を聞くことが、これほどに『幸福な』ことなのだと、初めて知りました。

すべて、あなたのお陰です。

この文章を、いつか時の旅を続ける兄、保彦が目にし、読んで、少しでも笑ってくれることを祈り、保彦の妹である小霧は、この文章を残しておきます。

二〇一四年、春。

あなたの妹より

結論から言ってしまうと、私は転生する。

小霧から、小霧へと、生まれ変わるのだ。

それも前世の記憶を引き継いで転生する。従って西暦二〇〇〇年現在、私の魂には、千年を超えた記憶が刻まれているのだ。

さて、想像してほしい。

生まれた瞬間から、わかる。

私には、わかる。

『今回の人生』の半生を担当する役目の、両親の声が聞こえる。

『小霧』

『小霧』

『小霧』

何度繰り返しても、小霧にしかならない。

幾度輪廻が巡っても、小霧から逃れられない。

「……いや」

狂気に浸るのは、よそう。気が狂った振りをするのは、やめよう。

今では、原因も理由もすべてわかったのだし、今更、気にすることではない。

とにかく、私は転生する。

前世の人生の記憶を保ったまま、小霧という名前の、身長は一五八センチメートル、体重四二キログラムの女性としてしか、生まれないし、生きられない。

この文章を読んでいるのが女性だったら、羨ましいと思っただろうか？　太ることも、痩せることも、私は体質的にできないらしいのだ。

それを『よいこと』として受け取ったのだとしたら、あなたはよい人生を送っているのだろう。どうぞ、そのままよき旦那様を見つけ、幸せに生きてほしい。

私のように、繰り返さないでほしい。

私のように、私から逃れられないように、生きてほしく、ない。

何度も、小霧として生まれ、小霧以外の名を持たず、小霧以外の人生を送れないような、『地獄』に陥らないでほしい。

言いわけをすれば、もちろん名は変えられる。

今のように戸籍制になる前は、私も親元を離れて一人旅をしながら、好きな名を名乗って暮らしていた。

ある時は、美しい雪に例えて『美雪《みゆき》』。

ある時は、光に憧れて『蛍《ほたる》』。

ある時は、自らの人生をなぞらえて『霞《かすみ》』。

でも、駄目だった。

どんな名を名乗っても、どんな人間に名乗っても、見破られる。

『それはあんたの本当の名前ではないだろう』というようなことを言われ、言ってこない相手でも『あ、この人は偽名を名乗っているな』とでも言いたげな態度を取られる。

わからない。名札をつけているわけでもないのに、なぜかばれる。

あれは確か……そう、幕末の頃。当時、私は京に生まれ、あの騒乱に巻き込まれたのだが、あの幕府側の侍の人斬り集団……、何とか狼とか言う連中の頭……だったか。往時、京の茶屋で『桜』と名乗って働いていた私を一目見るなり、男は言った。

「なぜ、嘘の名を言う」

　またか、と私は思った。

　でも、見破られたのは確かだし、ちょうどいいと思って、私は聞いてみたのだ。

「お侍様、嘘の名を言ったのは謝ります。私は、自分の名があまり好きではないので、人に聞かれると、つい偽の名を言ってしまう癖があるのです。ですが……お侍様には、なぜそれがわかったのですか」

「嘘を嘘と見抜けずに、この役目が務まるわけがなかろう」

　そう言って、侍は茶を飲んで、低い声で笑ったのだった。

　あの侍、最後にはさらし首になったというが……、残念ながら、私は『その男』の最後を見届けることができなかった。幕末の混乱に巻き込まれ、あっけなく死んでしまったから。

　理由を聞くことができなかったので、私はその後も偽名を使うことにしている。

　初めて会った相手……特に、男性に偽名を使い、

『嘘でしょう？』

　という反応を返してくれた人にだけ、私は嫁ぐ。

　嘘をついても許してくれるかもしれない、という可能性にすがりたくなるからだ。

　もちろん、わかっている。

私は、酷い女だ。

酷くて、怖くて、気味が悪くて、しゃべり方が要領を得なくて、不器用だし、料理も裁縫も人付き合いすら満足にできない。

幕末の戦争が終わり、この国にも平和な時代がやって来て、学校に行って読み書きを習っても、友達は一人もできなかった。

学級の皆は、私に声を掛けなかったし、まるで幽霊のように、いないものとして扱った。

いいや、私がそういうふうに扱われたがったのだろう。今では、それがわかる。

どうせ、消えていくものなのだから。

どうせまた、繰り返すのだから。

ならば、『今』というものに意味などない。

また繰り返し、同じ存在になり続け、死んだと思ったらまた同じ。

いくつもの、『同じ』を、千回も繰り返し、しかし、どこにも辿り着かない。

こんな人間が、気持ち悪い以外に、何をどう思われるのだろう。

私自身が、もう私のことを見限ってしまっている。

もう、どうせ、何度やっても、何度やり直しても、いくたび時を流れ続けても、放浪しても、時を重ね続けても、何をしても、どうやっても、また。

また同じになる。

小霧になる。

霧は、消える。

霧は、晴れる。

まして小さい霧なら、ほんの少しの陽の光だけで、それは消えてしまう。

『嘘だったのだ』とばれてしまう。

『意味などなかったのだ』と悟る。

『そこには何も、なかったのだ』ということになる。

『だから、今、そこに、それがあることに、理由も、原因も、因果も、価値も、何にも、なかったのだ』

『ないのだ』

『私という存在は、ないのだ』

『小霧という現象に、私の心臓が動いていることに』

『私の血管が、血液を運んでいることに』

『私の胃が、食べたものを消化していることにすら』

『何の……

……ないのだ』

そういうことにした。

そうでないと、気が狂った。

この形すら保てなかった。

自分が人間だとすら、認識できなかった。

だって、繰り返すのだ。

何の進歩もないのだ。

死ねば、生まれる。

生まれれば、死ぬ。

死んでまた、生まれる。

生まれれば、それはつまり、死ぬ。

繰り返し、何度でも、この世の果てから来て、この世の果てに流れていくだけの、霧。

この国の、幾人かの人間の目にとまり、耳に声が届き、契った男性には私の肌が触れ合うだけの、それ。

それが、私だ。


いや、すまない。狂ったふりをする、というのは、嘘だ。

もうとっくに、そうなっていたのだろう。

男性に生まれて、寺社の家系にでも生まれていたら、さながら『生まれながらにして悟りを開いている』だとか、『神童』などと呼ばれていたかもしれないが、この身体の性別と、機能ではそうはできない。

生まれた瞬間から立ち上がり、『今回の』両親に向かって、

「はじめまして、ところで私の名付けに関してですが、前回までずっと、私は小霧として生きてきました。もういい加減飽きたので、小霧という名前だけは勘弁してくださいませんか」

と言ったところで、同じことだろう。

私は、小霧になる。

何をどうしても、運命は変えられずに、私は小霧という意味がわからない存在にもうなっている。

記憶を引き継いだまま、小霧として死んだら、私はまた小霧になってこの世に出てくる。

幕府が倒れた後、新政府となり、初めて『外国人』と、キリスト教の考えを知ったとき、私はこう思った。私を担当している天使が、何か間違えているのだ。

もしくは、面倒くさいのだ。

私を小霧という存在以外にすることに、興味がないのだ。

あるいは、地獄の閻魔《えんま》様が、もう私に懲《こ》りているのだ。

何度も、何度も、地獄で転生させているのに、反省しない私を嘲笑って、『どうせ、小霧はまた小霧でいいだろう。何も変わらない女だ』と言って、また私を小霧にしているのだ。

一応言っておくと、これは冗談だ。

私は、所謂《いわゆる》『死後の世界』を知らない。というか知りようがない。

だって、死んだと思ったら生まれているのだ。

『はい、小霧は死にました』→『はい、小霧に生まれました』

これを、何度繰り返したか。

だから『途中』がどうなっているのかなど、知りようがない。

それも、盲目の身体に。


そう、これが私がありとあらゆることに絶望している最大の原因なのだろう。私は、目が見えない。

目がない、わけではない。眼球はちゃんとある。

あるが、私の目玉は、機能しない。

何も見えない。

他の四つの感覚はすべて正常に作動しているのに、なぜか視覚だけが失われている。

光を、私に与えてくれない。

何度転生しても、何度生まれ変わってもそうだった。

転生しはじめてからもしばらくは、それでも期待していた。

『私は、生まれ変わる』

『どうせまた、名前は小霧で、女性であるところまでは決まっているだろうが、今度こそ』

『今回の人生では、何も、私は悪いことなどしなかった。目が見えないから善行もあまりできなかったが、それでも悪行だけはしなかった』

『閻魔様だって、何度も、何度も転生を繰り返す、この哀れな小霧に、ほんの少しだけ哀れみを感じるなら、次こそは与えてくれるはずだ』

『光を』

しかし、駄目だった。

変わらない。開き直って、過去に一度、生きていくために米を盗んだことがある。つまり、地獄に落ちても仕方がないような真似をしたが、それでも変わらなかった。

「そう、つまり」

現世は……私にとって地獄なのだ。

いや、違う。現世などない。

ここは、地獄なのだ。

最初から、私は地獄に生まれて、地獄で死んでいく。

私以外が、生まれるたびに変わっているだけのこと。

私の周囲が、四季という変化を起こしていて、私自身は、ある程度生きるだけで、また繰り返す。

何度でも。夏が秋になり、暑さが去って雪が降り、やがて春が来て、桜が咲いても、私の目はそのまま永遠に、暗闇の中だけをさ迷い続けるのだろう。

これがもし、転生しなかったらと考えたことはある。ただ一度きりの人生で、目に光が宿ることはなかったけれど、それでもたった一回だけの命であれば、最初から割り切って、たとえ演技だとしても、私は笑って、幸福に過ごせたのだろうかと。

いや、そんなふうに考えることすら無駄なのだろう。一度きりの人生だと思い切り、自ら命を絶ったとしても、私はすぐに別の小霧になるだけのことなのだから。

このループからは、逃れられない。

逃れる方法を考えることすら、拒否してしまった。

だから、私には今、という意味の現世がないのだ。

四季という名の暗黒の中で、小さな霧である私には。

もしくは、時という永遠の牢獄の中で。


なぜ、そこまで大袈裟になるのだろうか？　と、これを読まれた方は感じるかもしれない。しかし、驚くなかれ。今までの状況に加えてもう一つ、私にはとある特徴があった。

自分でも、信じられない。

女性としてどうこういう前に、生物としての段階で『なぜ、こうなっているのか』の説明がつかない。

『私』がこうであるのはもう仕方がないのだから、と諦めるのは、読者も理由はわからないにせよ、納得してくれると思う。

では、私の代では駄目でも、せめて私の『次』では、と考えるのは、男女関係なく普通だと思う。だって人類に限らずすべての生物は、子孫を残すことで進化し、繁殖し、多様化してきたのだから。

この多様化という言葉で言えば、私はそれに貢献できない。

私自身が何度繰り返しても変わらないのと同様に、私の『次』が生まれることがないのだ。

ひょっとしたらそれが私が何度も転生を繰り返す原因なのかと思ったが、どう考えても違う。なぜなら、原因と結果が逆になっているからだ。

つまり、私は子供を産むことができない。

お笑い種だろう？　笑ってくれていいですよ。

『それでは、何のために小霧は繰り返すのか』

と、言っていいですよ。私も、自分で自分に、呆れている状態ですから。

もうとっくの昔に、諦めましたから。

これが百歩譲って転生することが原因だから、と考えれば納得できるかもしれないが、違う。最初に生まれたときも、二回目に生まれたときも、私には子ができなかったのだ。

女性として生まれ、小霧として生きて、月のものは普通なのに、それでも……

――どんな相手と契っても、何回も交わっても――できない。

私の腹には、子が宿らない。

私の身体には、命が続かない。

続いて続いて、続くことしかできない私なのに、私自身からは何も生まれない。

私で終わりなのだ。

私自身は『また』続くのに、私の身体から何かが出ることは、決してない。

そして……、まさしく呪いのようなのだが、私は必ず長女として生まれてくる。

さらに、私を産んだ母親からは、その後に子供が産まれることは決してない。

私で終わりになるのだ。

私で終わりなのに、私は死んでも終わらないのに、私を孕んだ女性は、私以外を産むことが、絶対に、できなくなるのだ。

無論、離婚して再婚するとか、養子をもらうなどの方法はあるし、事実、そのような形で私も義理の兄や妹などを持ったことがあるが、その夫婦の血筋は途絶えてしまう。血を引いているのが私だけで、かつ、その私自身は絶対に子供が産めないからだ。

これが呪いでなくて、なんなのだろう?

もちろん、『私を産んだ両親』にとっての呪いである。

誰も望んでいない……、生まれて来た私本人すら望んでいない始まりと終わり。そしてその結末。生まれたと思ったら、すでに終わっているという過去の積み重ね。

何千人もいた、『私を産むことで、血筋が続かなくなってしまった両親』たち。

私は、呪いなのだ。

私自身が、人類という種族に襲いかかった呪いか、もしくはエラーのようなものなのだろう。

そうとしか、解釈できない。

このような運命を与えた存在がいるとするなら、問いたい。

私は、何なのだろうか？

小霧は、『何』なのだろうか？

この『続き』に何の意味があるのだろうか。

だって、意味がない。

生きていく理由も、死ぬ意味もない。

死んだら生きて、生きたら死ぬのだから。

別に、すべての私が早世であったわけではない。過去には、最長で五十歳まで生きた『小霧』もいた。しかし、長生きしたところで、私はもう現世でできることはすべてしつくしてしまったのだ。

女性として就ける職業は、ほぼすべて経験したし、徒歩で行ける場所には、考えられる限り行きつくした。転生の結果、自分がまだ赴いたことのない土地に生まれたときは、これが好機と思い、歩きまわって頭の中の地図を広げていった。

それしか、方法がなかったからだ。

私が知らない『何か』を私に加えることでしか、この連鎖からは逃れられないと思ったからだ。

結果として、まだ私は囚われているのだが。

連鎖の人生の中で経験したことがないものとなれば、あとは人殺しくらいだ。

「いや……」

自嘲気味に、私はつぶやいた。

人殺し？　何を馬鹿な。

私は、私自身を殺し続けているではないか。

だから、私は『幸福』を知らないのだ。

何もかもが私の人生の中にはあったのに、『幸福』と呼ばれるものだけが、私の中にはない。

もちろん、私とて、寒い冬の吹雪の中、空き家で火を熾《おこ》して暖を取り、温かい白湯をすすることで安心感を覚えたことはある。

だが、それだけだ。

それ以上を、私は知らないし、知りたいと思わない。

『幸福』がどういう状態なのか、どうすればそれになれるのか、理解できないし、したくない。

貴族であったとき、一通り珍しいものを食べたが、『美味しい』と思ったことは一度もない。ちゃんと味はしていたにもかかわらずだ。

裕福な家に生まれても、私は前述の条件により、兄弟姉妹を持つことができない。だから、いつも一人で、暗い中で冷えた食膳に向かってきた。

男性に抱かれても、子が授からないとわかっているのだから、私にとってその行為はただ単に相手の男性の自己満足に過ぎなかった。無論、快感を覚えたことなど一度もない。

だから、知らない。

『幸福』というものが何なのか、私には理解できないのだ。

しかし、私には少なくとも自慢できることがひとつある。

誇りを持って言える。

私は、何千回と転生を繰り返したが、一度だって涙を流したことはない。

……ただ単に、涙を流す機能すらも、私の目には備わっていないだけかもしれないが。

「ブーケは、これにしようか」

現代で私の夫になる予定の人が、そう言った。

『これ』などと言われても、私にはわからないのだが、それを見越して、男性が説明してくれた。

「小霧に、すごくよく似合っているからさ。淡い紫色が、小霧の印象にぴったりだと思う」

「何が……？」

「これが実物です」

スタッフの人だろう。私の前に、何かを差し出した気配がある。私は手を出して、そのブーケを受け取った。

「……あ」

私は鼻を利かせた。目は見えないが、嗅覚には自信がある。

「これは……何の香りですか？」

私は戸惑った。嗅いだことのない香りだったからだ。

「なんだかすごく、懐かしいような……」

「ラベンダーですよ」

スタッフの声が、遠ざかったように感じた。


……そうだ、思い出した。

なぜ、苦笑したのかわかった。

結局、読んでくれなかったじゃない。お兄ちゃん。

約束したのに。

『時を翔る少女』を読んでくれるって、言ったのに。

2　私記

まず、これは特定の……とある人物だけに向けた、本当に個人的なメモ代わりだと思ってください。従って『その人』以外には意味不明でしょうが、余興の一つだと思って聞いてください。

大丈夫です。

私の予想どおりに事が進めば、最後には『その人』は、喜びと嬉しさで、涙を流すと思いますので。

まず、一九九二年の夏の出来事と、二〇〇二年の夏の件について謝ります。

ここにいる招待客の皆様のうち何名かは、今の謝罪で『私』が誰かわかったと思いますが、とりあえず話を続けさせていただきます。

最初に言いますが、これから私の語ることは、はっきり言って荒唐無稽です。何をどう解釈しても『頭のおかしい男』の、一人語りでしかないでしょう。私の頼みでこれを読んでくださっているスタッフの方、申しわけありません。本当にわけがわからないと思いますが、どうか『そのまま』読んでください。固有名詞は避けて、なるべく、わかりやすいように話しますので……。

まず私がこのメモ代わりのものを書いている『現在』は、西暦で言うところの三〇〇一年です。

席を立たないでください。笑うのは結構ですが、話だけは真面目に聞いてください。

ええ、本当です。現実なんです。

『今』は、西暦三〇〇一年なんです。

『時間移動ができない証拠』として、『未来から来た人間がいない』という反論が出ますが、これはよくよく考えると正しいとは思えません。

これを皆さんが聞いている『今』が二〇一三年であることは、私はもちろん了承しているのですが……。

たとえば、『携帯電話』などがこの時代にはすでにあるはずですよね？

あれを、今から千年前の時代の人間が見たら、どう思うでしょうか？

妖怪か、神か、悪魔の仕業としか思えないでしょう？

あ、すいません。千年前ならキリスト教が伝来していないので、悪魔はないですよね。

地獄の鬼とかでしょうか。

片手の中におさまる硬い箱のようなものから、人の声が聞こえるんですよ。それも『通信』しているんですよ。こちらが何か言ったら、向こうも声を返してくるんですよ。

これを、当時の人々が知ったらどう思うか……。

想像、できないですよね？　あなたたちには。

決して見下して言っているわけではないのです。現実的な意味で、本当に『想像ができない』と思うんですよ。だって、人がいないのに、人の声がするんですから。

二〇一三年の現実でもし誰もいないところから人の声がしたら、まずなんと言うでしょうか？

一般的には『もしもし』だと思うんです。

でも、『今』から千年前の人には『もしもし』って通じないんですよね。

別の言葉で考えてください。たとえば、『とき』って言ってみてください。時間の『時』じゃなくて、ひらがなの『とき』です。仮に西暦三〇〇〇年の今、この単語を繋げた『ときとき』が、『もしもし』の代わりだったとしたらどうでしょう。意味不明ですよね？

つまり『今』では『もしもし＝どなたですか？』という構図が成り立ちますが、もしこの会場におられる方々に電話が掛かってきて、相手の第一声が『ときとき?』だったらどう思うでしょうか?

『何を言っているのだろう?』としか、思わないと思うんですよね。

要するにそういうことなんです。相手の人は『ときとき?　……ときとき!?』と、怒って言ってるのに、あなたは何も言えないんです。通話口の相手が、何を言っているのかを理解できないから。

『ときとき』という言葉の意味を『共有』していないからなんです。

もっとわかりやすく説明します。もし、外国の方に『もしもしとはどういう意味ですか?』と聞かれたら、困るでしょう?　意味が説明しにくいですし、最終的に『とにかく、日本では電話が掛かってきたら、まず「もしもし」と言うんです』としか言えません。そういう意味の言葉なんです、と。

そういうことです。

この会場の主役に当たるお二人の、綺麗で可愛いほうに言います。

何事にも『意味』はあるんです。

『理由』や『価値』がないものなんて、この世界にはないんです。

逆に考えれば、君の存在にも意味と理由と価値とそれから私がこんなことをしている原因があるんです。

脱線しました。

私の行動はよく本道を外れるんですよね。

『今』から、二十年前の夏、この会場に招かれているはずのある人にもよく言われました。

『お前、脇道にそれすぎて、本道を外すタイプだな　バーカ』って。

君は覚えていないかもしれませんが、私は覚えています。

忘れません。

忘れることを、自分に許していません。

私のしたこと。

私が償わなければならないこと。

結果的に見て……、自分と自分が気に入った人たちだけを守るために、大勢の人間の運命を狂わせたこと。

今から二十年ほど前の夏、とある中学校の二年生のクラスに、『S』という転校生がやってきました。一家でその街に引っ越ししてきたのでもなく、またS少年は教科書もノートも、鉛筆すら持たず、ただ制服だけが唯一の持ち物のように、身軽に、その中学校に転校してきました。

しかし、Sの目的は授業を受けることではありませんでした。

Sの正体は、その時代から三百年後の世界からやってきた、未来の人間だったのです。

Sは、未来の世界でとある本を読み、しかし、その本が途切れてしまっていたがために、タイムリープの薬を開発して、過去の世界に本のつづきを探しにきたのです。

転校生を装ったのは、Sの年齢では、中学校に通学していないと不自然だったからです。

そこで、Sは『偶然』タイムリープする瞬間を目撃されてしまった『M』という少女と一緒に、本探しを始めるのですが……。

そう、酷い話なのです。

Sは、実際は本などどうでもよかったのです。

ただ、『偶然』出会ったMという少女が可愛かったから……、単に過去の世界が物珍しかったから……、未来では望めない新鮮な空気を吸いたかったから……。

Sという少年は、Mに嘘をついていました。彼女を騙したのです。

そして、Sは報いを受けました。

Sは、知らず知らず、彼が探していた『本』の内容どおりの行動と、台詞と、情報を、Mに教えて、本のヒロインと同様の行動を取らせたのです。

その結果、Sは……。

Sひとりだけが残酷で、彼を取り巻くすべてが優しかった。そんな夏の話、なのですが。

……一言で言ってしまうと、SはMのみならず、担任を含めたクラスの全員にとある嘘をついて、約二十日間の間、約四十人に同じ演技をしつづけたのです。『とある本のつづきを読みたい』という、S本人しか望んでいない、利己的で我が儘な動機のために。

なぜかと言えば、Sが望んでいた『本』に、S本人が登場していたからです。そう、クラスの中の誰かが未来で書いた本、それがSが望んでいた『つづき』だったのです。しかし、本の著者が『クラスの中の誰か』なのはわかっても、それが誰かはわかりませんでした。よってSはこともあろうに『本の内容』を『クラス全員』と『共有させる』という暴挙に出たのですね。

『本の中にそれが出てきたから』という理由でSは自分の時代より過去の世界の人間を、自分が開発したわけでもない未来のグッズで驚かせて、もて遊んで、あまつさえ、『共有』を拒んだ生徒は記憶を改竄して、自分との思い出を『楽しい』、『幸福だった』と錯覚させていた、最悪の人間なのです。

申しわけありません。ここから先は本当に複雑になってしまう上に、めでたい今日の席にあまり相応しい話とも思えませんので、後ほどスライドにて、簡単に説明させていただきます。

ただ、これだけは言ってしまいますが、この夏にSがしたことは、はっきり言って最低の所業でした。要はクラスメイトと担任を騙しつづけたのですから。

のみならず、Sは『一人くらいは真実を知っている者がいたほうがいいから』という理由で、彼の親友だった人間に責任を押し付けたのです。そんなことをするくらいだったら、最初からクラスの皆を信用して、事情をすべて打ち明けてしまえばよかったのに。ところがSが臆病者で自分の保身しか考えていない大バカだったために、結局、この親友以外にはろくに何も説明せず、Sはすべてをほったらかして未来に帰ってしまったのです。

結果として説明の責任を押し付けられた彼の親友は、この十年後、同窓会の幹事を引き受け、調べなくてもいいことまで調べ、無駄な労力を費やした結果、救急車で運ばれる結末になりました。はい、これもすべて親友に始末を丸投げしたSの所為《せい》なのです。

とりわけ、Sが巻き込んだうちの二人、故人ですので、名前を出してしまいますが、桜《さくら》井《い》唯《ゆい》さんと長谷川《はせがわ》敦子《あつこ》さんは、本当は死ななくてもよかったのです。Sがやったとある『嘘』のために、損害を被ってしまったのですから。

私は酷い人間です。

もう一度言いますが、この会場の主役の二人のうち、ドレスを着た綺麗な方よりも、何倍も、何重も、酷くて、醜くて、取り返しがつかなくて、自己中心的で、我が儘で、どうしようもない人間です。

やっぱり二十年前の夏、時を欠けた少女にもっともっと辛辣で、現実的で、直接的な言葉で言われました。

そして私は、今も『私は私で、私の満足するまで、私の一方的な好き勝手を、好きなだけ押し付けて』いるのです。

そう、押し付けです。私の自己満足です。

誰も得をしません。

善ではありません。

すでに、この話を聞いている皆様がそう思っていることでしょう。

それでも、聞いてほしいし、私は語りたいのです。

偽善者の戯言《ざれごと》と思われるでしょうが、先に言っておきます。長くなります。

もし仮にこの話が『小説』であったとしたら、残りが三章分くらいあります。

それでも、聞いてください。


話を本筋に戻しますが、西暦三〇〇〇年には『時を超える力』というものがあります。

失笑していただいて結構ですが、そもそもあのどら焼き大好きロボットだって、皆様より前の時代に生み出されたのですよ。あ、ちなみにあの番組はまだ続いています。

冗談ではないのです。

本当に『時を超える』こと、人間が『時間移動』をすることができるようになったのです。

さて、そうなると、色々な問題が出てきます。つまり、パラドックスですね。過去の自分に会うとか、未来から自分がやって来て、アドバイスをしていくとか。

『今』でも、このパラドックスは知られていると思います。一番有名なのは『親殺し』。過去に遡《さかのぼ》り、自分を産むはずだった両親を殺してしまったらどうなるのか？　ということ。

結論から言うと、これはできません。

できないように、時間が積み重なっているからです。

時間を移動することはできても、時間そのものの流れと、そこに堆《うずたか》く積み上げられた時間と、人の記憶の流れを、操作したり覆したり、『なかったこと』にすることはできないようになっています。

私がそうしたわけではなくて、これは時間のルールなのです。時間を逆行することは未来の技術で可能になりましたが、『あったこと』を『なかったこと』には、できないのです。

他ならぬ私自身が、二十年前にとある場所に行って『過去の自分』にアドバイスをしようとしたら、酷い目に遭いました。

だから、私は『こんなこと』をやるようになったのです。

たった一人の……、可愛い自分の身内を救うためだけに、千年の時間に対抗しようとしたのです。

なぜなら『こうなった』原因が、そもそも私自身の不徳の致すところと、『私の母親』にあるからです。

また話を元に戻しますね。

『未来から来た人間がいない』というのが、『時間移動』ができない根拠だと言いましたが、この論理は変ですよね。

だって『未来から来た人間』が、『私は未来から来ましたよ』なんて言うわけがないし、本人にしたところで『私は（自分の時代より）過去に来たんだ』と自覚していなければ、この台詞を言えるわけがないのですから。

つまりですね。今の時代には『時を超える力』というのがあるのですが、もし仮にこの力を使って『過去』に行く場合、『その時代においてもっともポピュラーな姿』……。

「いえ、失礼、えっと」

ポピュラーは漢字で……『大衆的』か。そう、大衆的な服装で行くことを義務付けられているのですよ。たとえば、女子中学生という存在は、もう現在である西暦三〇〇〇年にはないのですが、仮に十四歳の女性がこの時代に来る場合、『必ず』制服を着用するように『厳密に』決められているのです。なぜかと言えば『未来から来た』とばれないようにするためですね。

そうなんです。『未来から来た人間』は、とっくの昔から、ずっとずっと前から『いた』んです。ただ、『私は未来から来ましたよ』と言わないだけであって。

なんで言わないかは、パラドックスを防ぐためです。

『なかったこと』を『あったこと』にしないためです。

具体的に言えば、現実に今である西暦二〇一三年には『時を超える力』はなかったからなんです。

なので、『未来にはすでに時間移動ができる力がある』ということを、知られないようにしなければなりません。

いよいよ、頭がおかしくなって来た、と思われるでしょうか。

私のやっていることは、それと真逆ですから、そう思われても仕方がありません。

それでも、こうする必要があったので、私は今、これを話しています。

またまた、話を戻しましょう。

実際に未来から来ても、『私は未来から来ました』とは言わないと申しましたが……、
実は、言っちゃったバカがいたんです。

信じがたいことに『未来からボーイ・ミーツ・ガールしに来たバカ』は、実在していた

んです。

バカですよね。

そのバカのことはひとまず置いておいて……。

先ほどから『時を超える力』と言っているわけですが、具体的にはこれくらいの、一センチメートルもない錠剤のことを言います。使用法も簡単で、ただこの薬を飲むだけです。飲んで、赴きたい時代を頭に思い描けば、それだけでこの力は発動します。過去でも未来でも、自由にタイムリープできるのです。ただし、誰でも使えるわけではありません。これは、西暦三〇〇〇年の社会の仕組みと連動しているので、また後で説明しますね。

この『時間の移動ができる』力を、西暦三〇〇〇年の政府が公式に認めたのは、二七〇〇年頃だと言われています。この力が作られたのは二三一一年だというのに、です。

つまり、それだけ政府にとって『厄介な力』だったんです。なぜかと言えば、この力は、同時に空間を超える力でもあるからです。そんな力がなければ表には出てこないような『賄賂』や『裏取引』など、どれだけ警備を増やしても、極端なことを言えばコンクリートで密閉された部屋の中で行っていたとしても、空間を超えられる以上、セキュリティが成立しないからなんです。なので、政府としては、『時間の移動ができる』＝『理論上、空間の移動もできる』ことを、認めるわけにはいかなかったのです。

『時間の移動なんてできないから、私たち政治家が、賄賂や裏取引をやっていた証拠である映像その他も、時間の移動と同じくインチキである』と主張するしかなかったのですね。

なんと見苦しい、と思われるかもしれませんが、所詮、人間の本質などこんなものです。

ところが、政府関係者にタイムパトロールの資質を持っていた者が現れてしまったので、政府としても、『時を超える力』の存在を認めざるを得なくなったのです。

そして、時間を管理すると同時に監視し、『辻褄の合わないこと』を『辻褄が合うこと』に、する組織が結成されました。名を『タイムパトロール』と言います。陳腐と言わないでください。『先に』名乗られたのは私のほうだったので、覆しようがなかったのです。

タイムパトロールは高給取りです。この時代で言えば、月給百万円をゆうに超えています。花形の職業で、希望する者はたくさんいます。

ですが、なりたくてもなれない職業なのです。

これは、とあるパトロールが過去に遡った結果、判明しました。

西暦二三一一年に『時を超える力』が生み出されたのですが、では誰が開発したのかというと、謎なのですね。もちろん作った科学者の氏名はわかっているのですが、固有名詞を言ったところで仕方がないので、仮に『奴』もしくは『彼』と呼びますが、調査したところ、彼がいた時代よりも『過去』の時代にいたのです。そう、追跡を逃れるため、彼は『時を超える力』が開発された後の時代には決して赴かないようにしていたのです。

そして『彼』のDNAを現代に持ち帰って調べた結果、『パトロール』は全員がその『科学者』の血を引いていることが明らかになったのです。

最初にこのことを説明すべきでした。

『時を超える力』は、血縁という『特定の資質』を持っている者以外、五秒間しか使えないのです。『特定の資質』を持っていない人間が時を超える薬を飲んでも、五秒間だけは時を超えられますが、過去に行っても未来に行っても、五秒間経つと、強制的にもとの時代に戻されてしまうのですね。逆に言うと、資質さえ持っていれば、その強制力が発生しなくなるのです。これは、単純にこの力を作った科学者が『誰でもこの力を使えるようにしてしまってはまずいことになる』と、判断した結果だと言われていました。

それが、研究してみたら『科学者の血筋』である者は、『タイムパトロールになる資質』を得ていることがわかったのです。

この事実が判明したのは、ある制度がきっかけでした。

現代、西暦三〇〇〇年では、所謂『職業選択の自由』というものがありません。

一定の教育機関を終えた後、素養がありそうな職業に自動的に振り分けられるようになっているのです。

タイムパトロールもまた然り。科学者の血縁であることが判明した以上、選択の自由はなく、『絶対に』パトロールに編入されるのです。

私自身がそういう環境で育ったので、その制度を『不自由』とは思いませんでしたが、とある出来事がきっかけで、『これは変だ』と思うようになりました。

だから、私はこうすることに決めたのです。

いわば運命に従うことで、運命に挑むことを決めたのです。


開発者のことを調べるために過去に遡ったパトロールは、名前を『ホタル』と言います。

彼女は、この功績から、パトロールを辞めることを認められました。もともと別の職業に就きたがっていたようなので、たいそう喜んでいました。

彼女からの私的なメッセージを預かっていますので、場違いかと思いますが、紹介します。


「蛍。約束は守った。ただ、時のからくりがこうなっていたと判明した時はさすがに、殺してやろうかと思ったよ」

怖いですね。私だって私だけのためにやっているわけではないのですが……。
彼女が具体的に、『何について』怒っているのか、説明しなければならないでしょう。
『タイムパトロール』という組織を作ったのは、そもそも私なんです。
それのみならず、『ホタル』に『一九九二年の秋に日本へ行き、地震の調査をしろ』と命じたのも、他ならぬ私なのです。
なぜなら、私自身が、過去に彼女と会っていたからです。
そう、『あったこと』を『なかったこと』にはできないのです。だから、これは時の必然なのですよ。このために、
夏に『美雪』が溶けてなくなり、
秋に『霞』が時間を覆し、
冬に『蛍』が舞い、
そして……春に『小霧』が光となる。

そう、光です。

「小霧、僕は、お前に光を与えたくて、すべてを覆すことを決めたんだ」

と、手紙に書いてあります。

かたりと音がした。
それは、会場の中央で、一人の女性が食器を落としてしまった音だった。
女性は震えていた。
泣きたくても泣き方を知らないから、泣けない。
そんな様子だった。
それを見て、今までメッセージを読んでいたスタッフの男性が目を細めた。
愛《いっく》しんでいるかのように。
心の底から。彼女のことを。
会場の窓から見える満開の桜が、風とともに舞った。

そして、メッセージは続いた。
『時を翔る少女』を、彼女に読ませるために。
約束を守るために。

3　死　期

「……？」

その鏡が、私を、見て、い、た。

私が鏡を見ていたのではなく、鏡が私を見ていたのだ。

正確には、鏡の中にいた女性が。

そして、その女性が話しかけてきた。

『これは、いつかしら？　西暦……と言っても、あなたにはわからないわよね。たぶん。えっと戦国時代かしら？　あなたが白装束を着ているということは、死んだの？　それなのに私の声が聞こえるの？　どうして？』

変な女だった。

栗色の長い髪を持つその女性は、ゆったりとした白い服を身にまとっていた。それは、下半身全体を布で覆うような、見たこともない服装だった。

何回目かの転生の後、私は知ることになるのだが、それはスカートと呼ばれるもので、洋装の一つだった。しかし、この時の私にとって衣服とはすなわち、単衣《ひとえ》を帯で固定したものだった。上半身と下半身とで別々の衣服を着る、という発想すらなかったこの時代では、その女性の服装が、かなり変わったものに見えたのだった（ベルトや留め金も知らなかったので、下半身の布をどう固定させているのかわからず、巻いているだけにしか見えなかった）。

何より変なのは、装飾品だ。

透明で『変なもの』としか言いようがないものを、耳と鼻に掛けていた。

（いや、どうでもいい）

そう思った。

もはや、死んだ身だ。幽霊の一つや二つ、見えてもおかしくないのだろう。

そして私は、死しても再び『小霧』として生まれてくるのだから、何の関係もない。

駆けた。――小霧として、どういう人生を送ろうが――。

欠けた。――その人生とは、すなわちもう一度欠ける……、死ぬためだけのもの――。

賭けた。――だからもう、賭けるという意味の期待すら、意味がない――。

今回も、また私は賭けたのに、この人生もまた失うだけの人生だった。

今度こそはこの目に光が宿るように願ったが、それも叶わないし、また私自身が子供を身籠ることもなかった。

だから、欠けた。

死んだのだ。

(よい)

私は、そう思った。

(どうせまた、私は小霧なのだから。小霧にしか、なれないのだから……)

死んで、再び生まれても、どうせまた私にとっての世界は、暗黒でしかないのだから……。

そう思っていた矢先、私の葬儀なのだろう。私は白装束を着せられ、死化粧をし、棺の中に入れられ、他の埋葬品とともに置かれていた。今回の私は、その時代の貴族だったので、かなり豪勢な葬式だったのだ。

埋葬品の中に、鏡があった。

古い鏡に、その鏡を見ていると自分ではない女性がうつっていたのだ。

『これは眼鏡って言うの。視力を補うもので、日本では、ずっと未来にならないと作られないから、あなたが驚くのも無理はないと思う』

「め、がね？」

いや、それよりも気になることがある。

なぜ、私にはこの女が『見える』のだろう。

私の眼球は、光を映さない。暗黒しか、見させてくれないのに。

『どうしてって、あなたも千秋家の血筋なんでしょう？　だから私が見える……あっ！』

「ど、どうした」

『そうか、未来から来たホタルも、私の血縁なんだ。だから、私が見えたんだ。そうか…

…そういうことだったんだ』

「未来……？」

そんなもの、私にはない。

過去も、未来も、何度生まれ変わっても、何度死んでも何度生きても、私は小霧だ。

小霧という運命に捕まって以来、小霧以外のものになれた『過去』がなかった。

だから、『未来』もないのだろう。今のこの状態だって、そうだ。

私は、死んだはず。

死んでいるのに、生きている人間と、会話などできるわけがない……。

『大丈夫、私も生きていないから』

「……？」

『私も死んだようなものなの。少なくとも、生身の私はもういないの。あ、遠慮しなくてもいいわ。私、この状態を結構楽しんでいるから。過去への旅がこんなに楽しいなんて知らなかった』

「旅……」

旅など、しつくした。

生きることが、生を駆け抜けることが旅だというのなら、それをいくたび味わっただろうか。

小霧としての人生を、まっとうしすぎた。

あらゆる意味での、人生を経験しすぎた。

賭ける気に、なれない。

……男性として生まれたことがないのは、自分でも不思議だが、女性として生まれながら、子を産むことができない運命に比べればさほどおかしくもない。

それがわかってからは、心残りがなさ過ぎて、何かを成そうとする力が湧いてこなかったのだ。

生きる気も、死ぬ気も。

それでも、どうせまたこの魂は転生し、また女性として生まれ、名前は小霧になるのだろう。

それが何のためなのか、本当に意味がわからないが、なぜか、私はまた繰り返す。

だからある意味で、私は生きていても、死人のようなものなのだ。

故に、なのだろう。ありえない幻のような、この女性と話ができるのだと思った。

今のこの光景も、どうせ夢だろう。

何せ、私は小霧の輪廻に囚われて、逃げることはできないのだから……。

だから、私はその鏡と会話してみる気になった。ほんの余興だ。

『私は、千秋霞。あなたは？』

「小霧」

『苗字は？』

「小霧だ。小霧以外の名になったことは、ない」

なろうとしても、どうしてもなれない。

そう言って、自嘲しようと思ったのだが、口が動かない。

当然だ。死んでいるのだから。

（いや、生きていたのだとしても、私は笑うことなどない。『楽しい』と思ったことなど、輪廻の連鎖の中で一度もないのだから）

なまじ、これまでの人生の記憶があるという現実が、私から笑顔を奪っているのだろう。

私には、現世でのありとあらゆる出来事がもう『初めて』ではない。

すべてが経験したことで、何事も知っていて、あらゆることが経験済みなのだ。

たとえ親から教えられなくても、もう煮炊きも掃除も洗濯もできるし、目が見えないながらも、今回、貴族に転生したことで読み書きすら覚えたが、これでもう私には『未経験』がなくなってしまった。

子供が何をしてもよく笑うのは、それが新鮮だからで、慣れてしまえば、ありとあらゆることに倦怠感《けんたいかん》がともなうようになるのだ。

どうせ、私はまた、転生するのだろうが、それでももう『やりたいこと』がない。

生きていてもしようがないのに、それでも私の魂は『また』を繰り返すのだろう。

そう語ると、目の前の鏡に映る霞という女性は、不思議そうな顔をした。

『自由なのに、やりたいことがないの？』

「自由？」

何を言っているのだ、と私は思った。

むしろ、私ほど『小霧』に縛《しば》られている魂など、ないというのに。

『それは、逆に言えば無制限で自由だということでしょう？』

「そう考えられるのは、あなたが『私』という人生を体験していないからだ」

もう何度も繰り返した。

どんな親の元に生まれても、私は、私。

同じ顔で、同じ指で、同じ身丈で、同じ性格で、何を食べても、何を食べなくても、私は小霧にしかなれない。

もちろん不老不死ではないから、食べなければ痩せるし、極限まで行けば餓死してしまう。

それでも、同じことだ。また生まれるのだから。

これほどに何の意味もない人生を、なぜ彼女は自由だと言うのだろう。

『私の時代まで来れば、何とかなる』そう、鏡の中の女は言った。『点字もあるし、音楽もあるし、目が見えなくても娯楽はたくさんある。だから、諦めないで』

「……おそらくは、私より未来から、あなたはやって来たのだろう。つまり、まったく違う時代からということだ。あなたの時代の娯楽とやらが、何百年も前に生まれた、連続している記憶を持っている私に『楽しい』と思わせられるのか？」

『それは……』

「どんな時代に生まれても、どんな境遇で過ごしたとしても、人間であるならば確実に『楽しい』と思わせるような娯楽。恐らく、そんなものはない」

断定する口調で、私は言った。

それが事実だからだ。

千年前に生まれた人間が、仮に時間を移動し、千年後に現れたとして、その社会の変わりように驚きはしても、慣れたり安らぎを感じたりすることは恐らくない。

その人間が今まで持ってきた認識と現実とが、違いすぎるからだ。

人間が『楽しい』という認識を持つためには、まず生活やその他の環境が『安定』していることが必要になる。

その事実を、私は転生の涯《はて》ですでに知っていたのだ。

だからこそ、生きることに私は希望が見出せない。

霞が困ったような顔で言う。

『あなた、目が見えないいんじゃないわね。たぶん』

「どういうことだ……？」

『憶測でしかないけれど……、あなたは「今」、つまり「現在」を見ようとしていないのよ。だから目が見えないの』

わけがわからない。

「人の瞳が、今以外を映すわけがないだろう」

『でも、現にあなたは、「今」にいない。過去と、未来の狭間にしかいない。生きていても、明日は何をしようか、そのために「今日」何をしようか、準備しようかとか、そういうことを考えていない。……だから、あなたには今が見えていないのよ』

「戯言だ」

もう死んでいるので、首を動かして視線を変えられないのがわずらわしかった。

聞こうとしていないのに、もう死体となっている私に、霞の声が届くのだ。

『あなた、自分の容姿に気がついていないでしょう？　鏡も使えないでしょうから、当然だわ。あなた、美人よ。顔は小さくて、目がくりっとしていて、黒髪がとても綺麗だわ。白いウェディングドレス……、私の時代で結婚式に使う衣装のことだけれど、それがとてもよく似合って、映えそうよ』

（未来人とやらは）

生きていたなら、私は皮肉っぽく口元を歪めていただろう。

（自分の時代のほうがよかったと、無条件で主張するものなのだろう）

それは、『若さ』と呼ばれるものなのだが、この女性は気づいていないのだろう。純粋な年齢だけで言えば、私はもうとっくに五百歳を超えているのだから。

無視していたのだが、それでも霞は語りかけてきた。

『思い出した。あなた、私の娘にちょっと似てる。清華《せいか》って言うんだけど』

「うるさい……」

もういい加減黙れ、と言おうとした時だった。不意に気づいた。

「めがね」

『ん？』

「鼻に掛けているものを、外してくれないか」

霞が『娘』と言ったからだろう。私はあることを思い出していた。

それは、遠い遠い、原初の記憶……。

『眼鏡を？　まあいいけれど、ほら』

霞がそれを外すと、私は思わず声を出してしまった。

「母さん……」

霞はしばらくの間、沈黙した。

『いや、私はあなたのお母さんじゃないけれど』

もちろん、それはわかっていた。しかし似ていた。

自分の膨大な記憶の中から拾い出した『最初』の母に霞はよく似ていた。

『ん？』その霞が、何かに気がついた様子で言った。『あなた、目が見えないんでしょう？　それなのに、最初のお母さんの顔は覚えているの？　なぜ？』

そうだ。なぜ覚えている？　私が『目が見えた』小霧だったことなど、一度もないのに。

必死に考え思い出そうとしたが、時はそこが限界だった。

『あ……』

霞が横を向いて、残酷な事実を告げてきた。

『火が……』

火葬が始まったのだ。

やがて、この身体も骨を残して灰になり、私の魂はまたも小霧になるのだろう。

『ねえ、あなた』最後に、霞が話しかけた。『あなたの言う、人間であるならば確実に享受できるであろう娯楽。今、ちょっと考えたけれど、たぶん、あるわよ』

「何が……」

『物語』

「……?」

火が回りはじめていた。

もう私の白装束に火がついて、手足が燃えはじめていた。

『あなたが「読者」になることができれば、きっと……』


それがいつだったかは覚えていない。何度目かの私の『死期』で出会った、不思議な女性との会話だった。

そして、またも何度目かの四季を巡った後……。

「久しぶり」

と、その少年が言った。むせ返るような夏の日の出来事だった。

「僕は、保彦って言うんだ。君のお兄ちゃんになるんだよ」

この時、私は心の中で嘲笑っていた。

(愚かな少年だ……年齢で言えば、私のほうが生まれたのは先なのに)

それどころか。

(私の中には膨大な記憶がある。もう純粋な『妹』を演じることなど、できないのに)

それが彼と彼女の出会いだった。

そしてその少年、保彦が首に掛けていた小瓶。

はるか未来から持ち込まれた、とある少女と少女の約束の涯に、少年が手に入れた『時を超える力』。

そして、この少し後、保彦と小霧が交わしたある『約束』の、時の収斂《しゅうれん》の涯。

その時、小霧は光を手にすることになる。


Tという少女がいた。Tは、不思議な運命の巡り合わせで、Hという友達と、西暦三〇〇〇年からやって来たパトロールの少女、ホタルと知り合うことになる。

その少し前に、Tは、Hが彼女の義姉であるKから聞いた『不思議な話』に何とか結末をつけたくなって、自分を駆り立てるように考えて、もちろん習作も書き、現実から設定を少しだけ欠けて、最終的に『これなら』というエンディングが閃いたので、その結末に賭けて、自分たちのクラスをモデルにした一冊の『本』を作成した。

『本』の主人公の名はS、ヒロインの名はMと言った。

それから半年後、Sと同姓同名の転校生がやって来て、驚くべきことに、Tが作成した本と、まったく同じ内容のことを語りかけてきたのだった。

S自体は美少年だったし、彼が語る話に興味がないでもなかったが（だからこそ、Tは本を書いたのだから）、Sがやろうとしていることに関し、彼が『想定外』をまったく危惧していないことについてTは呆れかえってしまった。

この件でTはすっかり冷めてしまい、Sに関するありとあらゆる興味を失った。

だが、その直後、TはSを追ってきたホタルと知り合い、同時に友人だったHの身内に不幸が起こり、その関係でHは、Iという赤子と知り合うことになった。Iは、年齢こそ違えど、Sにとてもよく似ていた。

いくつかの状況証拠と、タイミングの重なりから、Tは『これは偶然ではない』と判断し、『責任』を取ると覚悟した。茶番だとわかっていながら、TはSに付き合うことにしたのである。

しかし、これはSのためではなかった。数年後、少年に成長したIが、自らが書いた物語の『矛盾点』に気づいてくれたからだった。つまり、TはIに賭けていたのだ。だからこそ、演じきった。嘘の物語を『再び』繰り返すことがないように……。

結果として、Tは一人の友人を得、一人の友人を失った。

そして、Tは『あること』を確認した後、ホタルから預かった小瓶と、その中にある紫色の薬を、矛盾点に気づいてくれた少年Iに渡すことで、責任を果たしたのだった。

それは、とある冬の物語。美しい雪が、蛍のように舞う夜の事だった。

これが少年Iこと一条保彦《やすひこ》と、国枝小霧を結ぶ『約束』に繋がるとは、まだ誰にもわからなかった。


（……今回は早かったな）

母の葬儀に、今回の父とともに立ち会った。それが私こと小霧の感想だった。

目の前では、母親の遺体が納棺され、これから火葬されるところだった。

父親から最後の別れを、と言われ、小霧は『母』に手を伸ばし、少女らしく笑おうとしたが、笑えなかった。

代わりに、涙も出なかった。

（今回の『お母さん』、交通事故で亡くなってしまったが……どうせ同じことだ。私を産んだ母は、どうやっても『第二子』が産めなくなるから、大抵、家庭はうまくいかなくなる）

いつも、同じだった。

望んでいた第二子が産めなくなった母は、辛そうだった。そして、小霧自身も。

仮に、男子として生まれていれば、跡継ぎの誕生ということで喜ばれたかもしれないが、一人娘で、次子が生まれないとなれば、時代によっては母子共に肩身が狭くならざるを得なかったのだ。

(誰も、得をしない。私が生まれることで、誰も、何も、得ない。……それなのに、私は)

時に、一九九八年。

母を亡くした六歳の小霧は、シングルファザーとなった父を助け、家事をこなすようになった。

「偉いなあ、小霧は。まだ六歳なのに、ちゃんと家事ができるなんて……」

父は誇らしげにそう言ったのだが、掃除機をかけていた小霧はにこりともしなかった。

転生をくりかえす間に小霧はまず火を熾し、米をといで、竈《かまど》の掃除をするところから行っていたので、現代の炊飯器と掃除機と洗濯機がある現代社会なんて、目を瞑《つむ》っていても楽勝だったのだが。

そして半年後、季節は夏。父が、言いにくそうに小霧に話を切り出した。

「実は父さん、その……再婚をしようと思ってな」

「はあ」

どうでもいいことだったので、小霧はそう返した。

父の話によると再婚相手は、病気でパートナーを亡くした一条さん。

亡くなった前夫が資産家だったため、生活するのに困っているわけではない。だが一人息子に財産をそのまま残したいので、自分の生活費を稼ぐためにパートとして父と同じ会社で働いていたらしい。

知り合って、何となく惹かれあい、再婚を決意した。

「相手の女性にはな、実の子じゃないんだそうだが、息子が一人いる。俺が再婚すると、小霧とは義理の兄妹になるんだが……」

「その男の子、いくつなんですか」

「小霧と同じだよ。誕生日は、十月だったかな」

拍子抜けした。今回の私は七月生まれだったからだ。

「だったら、私のほうが誕生日が先だから、私が姉になります」

「それは、そうなんだが、かなり頭のいい子らしいし……」

「とにかく、わかりました。再婚には反対しません」

後から知ったことだが、父も義理の母となる女性も、お互いの子供が反対するなら、再婚には踏み切らなかったらしい。つまり、どちらも自身の感情よりも子供の意思を優先していたわけだ。小霧は、転生の結果として『愛らしい子供』になることが不可能になっていたと思った。

が、それでも、今回の『父親』と義理の『母親』は、人間として誠実な精神を持っている

結果として二人は再婚したが、子供は作らなかったようだ。お互いに連れてきた子供に遠慮していたからだろう。

義理の母は、小霧を産んだわけではないので、第三子をもうけることは可能だったろうが、しなかった。

小霧が再婚について了承して、しばらくして父は小霧を静岡県静岡市にある、有名な割烹に連れ出した。

父は再婚相手とその子供を、この料亭で自分に紹介するつもりなのだろうと見当がついた。

予想したとおり……うだるような熱気と蟬の声と、鮮やかな深緑が目に映える（と言っても、木々の色は小霧には見えないわけだが）という夏らしい日に、小霧はその少年に出会った。

「久しぶり」

それが、少年の第一声だった。

国枝小霧と、一条保彦。

その最初の出会いは、夏だった。

4 始期

要するに可愛かったんですよ、私の妹は。

いいえ、わかっています。生まれた順番からすると姉になるはずだったんですが、私は『お兄ちゃん』になりたかったんでしょうね。というか、無理矢理演じていました。『お兄ちゃん』を。

身内自慢はわずらわしいと思われるでしょうが、聞いてください。

その前に説明しておくと、両親の再婚後、私たち一家は、父の仕事の都合で浜北《はまきた》市に移りました。今、調べて驚いたのですが、浜北市はすでにないのですね。合併して全部浜松《はままつ》市になってしまったようです。

自分の故郷ですから、あまり低評価はしたくないのですが、ちょっと不気味なところでした。

特に私たちが移り住んだ場所はニュータウンと呼ばれるところで、周囲は新築の戸建てばかりでした。つまり私たちの家庭も含めて皆新顔ばかりだったので、近所づきあいのようなものが何もなかったのですね。

父親が浜松市に出勤してしまうと、あとは、多少の生活音がするぐらいで、人の話し声は一切しないところだったんです。音楽すら聞こえてきませんでした。街自体がシーンとしていたんですよ。子供がいる家族が、多数住んでいる街とは思えませんでした。

今から考えると、騒音を出すと、どこから苦情が来るかわからないので、ひっそりと息を潜めて暮らしていたのでしょう。

もちろん、悪口を言っているわけではないのです。新しくできた街なんて、どこもあんなものだと思います。偶々《たまたま》、私たち一家が移った時期が悪かっただけで、それを除けば、この街は悪くない環境でした。

たとえば、美味しいケーキ屋さんがあって、私はそこのレアチーズケーキが好物で妹はチョコレートのタルトが大好きだといっていました。私はお小遣いを貯めて初めて妹の誕生日にタルトを買ったのですが、可愛かったですよ。その時の妹は。

近くには農業高校があって、秋になるとその学園祭に行ったんですよ。豚汁が一杯百円で美味しくてね。あと、農産物も安くて母がよく買ってました。

それに、義理の父も時折、ケーキの箱を持って帰ってきました。

「美味しいぞ。浜松一美味しいケーキ屋さんだ。フランス人の職人さんが作ったものだから、本場の味なんだぞ」

と言ってましたね。うん、確かにあそこのシューブレームは美味しかった。シュークリームの中身だけを取り出して周りに粉を振ったようなものなんですが……。ああ、食べたくなってきたな。帰りに寄ろうかな。まだあるのかな、あの青い店……。あ、そんなことはどうでもいいんでしたね。申しわけない。私、やっぱり話していると本筋を外れる癖があるんですよ。

では、この話はここまでにします。後出しになってしまいますが、最初からこの話題を出すことは決めていたので、話をする以上、用意をしないのも野暮《やぼ》かと思いました。皆様はこの後、お食事になるわけですが、勝手ながら妹との思い出の味を、デザートに手配しておきました。ご賞味いただければ、妹も満足だと思います。

さて、なぜ私がこんなことを話しているのか。それにはまず、妹との出会いと『なぜ』私が妹ととある約束をするに至ったのかを話さなければなりません。

と言っても話は簡単で、妹は目が見えなかった。そしてそれを私が『何とかしたかった』のです。

義理の妹が目が見えないことは、私も母から事前に聞かされておりました。両親ともに再婚はしても、仕事をやめる気がない、というのも事前に了承していたので、必然的に家事は、目が見えない妹に代わり、私がしなければならないのですからね。

前述しましたが、当時私たち家族の住んでいたところは、浜松でいえば都田《みやこだ》に近い辺りのニュータウンと呼ばれているところで、新築の家と一通りのスーパーやドラッグストアなどの生活環境は揃っていても、新しい街の宿命で、住人同士の交流がほぼなかったのです。

朝、家族で食事をして両親が出勤すると、家の中は私と妹だけになります。昼食は母が朝、作ってくれたものを温めて食べるか、もしくは父か母が勤め先から昼休みを利用して帰宅し、作ってくれたものを食べる。そういう生活でした。

私も妹もまだ、小学校には通ってなかったし、保育園や幼稚園もありませんでした。親戚もいませんし、世話をしてくれる大人の知人もいませんでした。

なので、昼間は子供二人だけになる家庭では、こういう生活をするしかなかった。また、治安が悪いところではなかったのですが、なにぶん知り合いがいない生活でしたから、基本的に家から出ないように、と両親からしつけられていました。宅配便も、サインか印鑑が必要だったら、『親がいませんので』と言って断るようにと言われました。もちろん、昼間にチャイムが鳴っても出ないように、とも言いつけられました。

ひょっとしたら、今の話を聞いて眉を顰《ひそ》めた方もおられるかもしれませんね。それはそうです。私たちは二人とも、まだ小学校に上がる前だったのです。そんな年齢の『子供二人』だけを残して両親が仕事に出るわけで、それはよく言うところの『放置』ではないのかと。

まず、常識的な見地から反論させてもらえれば、この件で両親を責めるのはどうか止めてください。母の所為でも父の不義理でも、何でもないのです。幼稚園も保育園も、ないものはないのですから、どうしようもありません。

これは言いわけに感じる方もいるかもしれませんが、後から考えれば、両親が私たち二人を家に放置したところで、小さな怪我や軽い病気など、子供の身ではどう対処してよいかわからない事態は起きませんでした。大人がいてしかるべき状況でなくても、妹と私は大過なく過ごせたのです。そうなるよう、すでに時間が決まっていたのですから。

やはり、両親としては仕方がなかったのでしょう。

大人になった今なら、私にもそれがわかります。

両方とも、子供を連れての再婚。しかも、一家の主である父親の連れ子は、目が見えない。必然的に誰か世話をする人が、一人は必要になる。

私の母に『仕事を辞めて、家で専業主婦をやってくれ』というのはこの場合、『僕の連れ子の面倒を見てくれ』ということになるので、父としても言い出しづらかったのでしょう。

　では、それ以前に『親として、まず自分の子供の面倒はどうした』という話になるのですが、やはり両親に責任を求めるのは筋違いだと、この場合被害者になる私の立場から言わせてもらいます。簡単に言うと『大丈夫』だったのですよ、私と妹は。そして『大丈夫』だったからこそ、両親は再婚を決意したのだと思います。

　結果論で語るな、と思われた方もいるかもしれません。それこそ結果論ですが、『こうして』育った当の妹が今日のこの席の主役の一人なのです。おめでたい日にこれ以上の文句や愚痴はよしましょう……。

　なぜこんなことを延々と話すかと言えば、今から思えば『これ』が原因だったと思うからです。

　閉鎖的な環境。

　他の大人を信じられないので、基本的に家から出ない。

　引っ越してきたばかりなので、知人も友人もいない。

　交通量が激しいわけではないので、別段、外で遊んでいて、危険がある……、車にはねられたりする危惧があったわけでもありません。それに家は庭付きではなかったし、あの年頃の子供が気軽に遊べるような公園も、当時の私たちが住んでいた場所の近くにはなかった。

こういう様々な原因が重なり、私と妹は、自然と家の中だけで遊ぶようになりました。仕方がありません。私としても、目の見えない人と接するのは初めてだったし、家の中ならともかく、外まで盲目の人間を誘導できるほど、頭が回りませんでしたからね。

さて、実はここからです。

普通に考えて、盲目の人間を抱えての生活で、『これはそうなるだろう』という前提は、ここまでです。

はい、『そうじゃなかった』のです。

私の妹は『我々が知っている意味で目が見えない人間』ではなかったのです。

そして……すべてを知る今ならば言えますが、これこそが、皮肉。

運命という名のパラドックス。

もし仮に、あの頃の妹が……『普通の』盲目の人間だったら、どうなっていたのか……。

要するに、私の妹は、可愛かっただけではなく、頭がよかったのですね。

キッチンの、包丁やまな板の保管場所、電子レンジ、冷蔵庫はここにあって、一段目は肉と魚、卵は扉の上部、牛乳は卵の下。野菜室はこの二段の扉で、今、上段に入っているのは椎茸とオクラ、下段にはほうれん草とキャベツ……。

油は戸棚の中で、フライパンは油の上の段。菜ばしはこの食器立ての中。コンロはここを押すと火が点いて、その上のつまみで火力調整。目が見えていないにもかかわらず、これら様々な道具とキッチンの構造を、私が教えた一回だけで、妹は完璧に記憶したのです。料理をする人ならわかるでしょうが、私が言ったことは、今挙げた食材を使って調理をする上で、最低限知っておかなければならないことです。

当時私も妹も、六歳でした。

料理をする年齢ではありませんし、仮に親の見ているところで包丁を手に取ったり、コンロに火をつけようとしたら、止められたでしょう。

私も、頑張れば『おにぎり』ぐらいは作れたと思いますが……、私に作らせるぐらいなら、母は自分で作ったでしょうしね。

さて、何のことかと言えば、そんなある日、母が昼食を作っていくのを忘れたのです。当時でも私は電子レンジぐらいなら使えたのですが、母は昼食をとる時間より前に職場から電話をしてきました。

「お昼ごはんを作っていくのを忘れちゃったから……出前でも取って。電話の横にチラシがあるでしょう？」

そう言われた私は、妹にその旨を告げました。すると妹は、

「お金はあるの？」

と聞いてきました。

本当に、これが運命のわかれ道だったんでしょうね。

その前日に、私は書店で岡部《おかべ》蛍《ほたる》著の『リビジョン』という本を買ってしまっていて、金欠だったのですよ。


会場のどこかの席で、誰かが立ち上がろうとした。

しかし、スピーチを続けるスタッフが、そちらに目をやると、立ち上がろうとした人物は、大人しく席に戻った。


正直に妹に説明すると、妹は言いました。

「包丁のしまってある場所と、コンロの位置を教えて」

そして前述のとおりに、私は妹に、キッチンに何があるかと、冷蔵庫に何があるかを教えました。

もう一度言いますが、妹は当時六歳です。

キッチンの……包丁で野菜や肉を切ったりする場所。私も妹もキッチンのカウンターで作業をするには身長が足りなかったんですよ。当然、料理なんてできませんし、そもそも『料理する』という発想すらなかったんです。だから、当時の私は、『ああ、今日はお昼ごはん抜きか。仕方がないな』

と、思いました。

それなのに妹が料理をしだしたんですよ。

本当に、びっくりしました。

盲目のはずの妹が、食卓の椅子をキッチンまで持ってきて、その上に乗って包丁とまな板を取り出し、私に冷蔵庫から肉と野菜を持ってくるように命じたのです。私は当然、訊きました。

「何をするの？」

「仕方がないから、私が作ります。簡単な炒めものと、味噌汁と、ご飯でいいよね。お兄ちゃん」

「危ないよ。お父さんから包丁を持っちゃ駄目って言われたでしょ」

「言われているのはお兄ちゃんだけです。私は、慣れてます」

そう言うと妹はキャベツと肉を刻み、フライパンに油を引いて、それを炒めはじめたのです。

「私は驚きで目を見開きながら、妹の横に立っていました」

そこでなぜか、その手紙を読んでいるスタッフの声が潤《うる》みはじめた。

「味噌汁に出汁《だし》……昆布や鰹節《かつおぶし》などで出汁を取ってから、材料を入れて煮て、味噌を溶く。大人になった今では、当然、私もこの手順を知っていますが、当時六歳で出汁が何かもわからないという状態だったんですよ。それが、驚くではありませんか」

ここで一旦スタッフは言葉を切り、小さく、嗚咽を漏らした。

「目の見えない妹が、手馴れた様子で料理を始めたんです。味付けだって、塩はどことか、醤油はこれ？　とか、いちいち私に聞かないとわからないんですよ。その妹がね、火をつけて炒めはじめてからどれぐらいでちょうどいい炒め加減になるのか、わからないはずの妹が……」

スピーチは続いた。

「なんで、こんなことを知っていて……慣れていて……まるで、まるで何百回も同じことを繰り返してきたように……」

「できたから、お皿を取って、お兄ちゃん」

そう言われた時、私は魔法を見ている気分でした。

母しかできない『料理』を、妹が手際よく調理して、しかも美味しかったんです。

キャベツと豚肉の炒めものに、味噌汁にはオクラが入っていました。ご飯は、冷凍してあったものをレンジで温めました。私がやったのはこれだけです。

目の見えない妹が、手を切るかもしれない料理をしているのを、子供の身体で、椅子に立ちながら料理しているのを、ただ黙って見ていただけなんです。

情けなくなりました。

自分に対してです。

百歩譲って、妹がその時作った料理が不味かったら、

「目が見えないんだから、味付けはむずかしいよね」

「今度は、お兄ちゃんが作ってあげるから」

と、逃げることもできたのでしょう。

でも、私は何にもできないんです。

料理はもちろん、自分勝手にお金を使ってしまっていたから、空腹の妹に出前一つ取ってやれない、『駄目なお兄ちゃん』なんです。

他にも、色々とありました。

たとえば、小霧がちょっとしたことで手を切ってしまって、出血した時のこと。私は狼《ろう》

狽《ばい》していただけなのに、小霧は私に助けを求めるでもなく、覚えている位置にしまっておいた薬箱から消毒液を取り出し、手馴れた様子で治療したのです。

知らない人から電話が掛かってきて、どう対応すればよいかわからない私から受話器を取り、すらすらと敬語で対応したのも、兄である私ではなく、妹のほうでした。

ある時、不思議に思って義理の父に聞いたのです。小霧は、こういうちゃんとしたしつけを受けたのかと、そんなに父は教育熱心だったのかと。しかし、父は首を横に振りました。

小霧は、生まれた時からずっとこうで、泣いたこともなければ、泣き言を言ったこともない。目が見えないことに関しても、苦労も何も言わず、ただ、その代わりに微笑んだ顔も見せたことはないと。

その時、ちょっとした衝撃を受けたことを覚えています。この感情が何なのか、当時はわかりませんでしたが、今ならわかります。『憐憫《れんびん》』と呼ばれるものだったのですね。

もしも私がしっかりしていれば、小霧が苦労するようなことを、私が代わって手伝えていれば、そこまでの感情は抱かなかったと思います。

でも、現実には、私は妹の力になってやれないのです。

私にできることと言えば、目の見えない妹に、『物語』を読んでやることぐらいなんです。

だから……私は決めたのです。

私にできることは、すべてやる。

可能性が一つでもあるのなら、絶対に諦めない。

原因を探して、追求して、何があっても、絶対に成し遂げると。


……話が、それましたね。

帰宅した母は、妹が料理をして昼食を済ませたことを知ると、私と同様に驚きました。

ちなみに、父は驚きませんでした。再婚する前は、妹が普通に家事をこなしていたことを知っていたのですから。

「なぜ、(妹が盲目にもかかわらず家事をできることを)黙っていたのか」

と、母は父に問いました。父は答えました。

「俺の娘が目が見えないのは本当なのだから、言っても信じないだろうと思って」

父にとって小霧は、身の回りのことは自分でできる、というのは当然でしたが、一般的に考えて、この年齢の子供にできることではないので、言い出しにくかったのでしょう。

その日の夕飯に、『じゃあ、作ってみせてくれる?』と、母は妹に言いました。

そこでも妹は、手馴れた様子で調理を済ませたので、母はすっかり妹を信頼しました。

「これで、お昼ごはんはあなたに任せられるわ」

母はそう言いました。一応言っておくと、この言葉はお世辞です。子供がおもちゃを散らかしたので、「片付けなさいね」と命令して、片付けたら「偉い偉い、じゃあ、これからは自分でちゃんと片付けなさいね」と言うようなものです。なので、小霧が料理ができることが判明しても、生活自体はさほど変わりませんでした。

ただ、私の記憶の中で数回、どうしても忙しい朝や、もしくは両親揃ってどこかへ出張したりと、本当にどうしようもない場合に限り、母は、

「小霧ちゃん、今日のお昼ごはん、お願いできる？」

と、小霧に頼んでいました。

頼まれると、小霧は何も言わず、ただこくんと頷きました。

そうした日の小霧は、料理だけではなく、進んで家事をこなしたものです。

たとえば私が本を読んでいると、妹は自ら掃除機を掛けたり、私がゲームで遊んでいる時、ふと外を見ると小霧が洗濯物を取り込んでいて、部屋でちゃんと畳んでしまっていたりしました。

はい、立派な妹だったんです。

それに比べて、私は……。

いいえ、泣き言を言うのはよしましょう。

とにかくそうした日々の中で次第に私は、妹のために何かしたいと思うようになりました。

何にもできない。お金もない。技術もない、ないないづくしの駄目な兄である私なりに、『何か』したかったんです。

やがて、私は小学校に入学しました。

しかし、同い年である妹は私とは同じ学校には入学しませんでした。進学については両親と私の学校の教師、そして盲学校の先生が、よくよく相談したらしいのですが、『やはり、普通の学校に入れるのは』

「でも、小霧は字が書けますし、コミュニケーションも問題ありません」

『皆さん、そう仰るのですが、しかし……』

居間で、両親と複数の大人が話し合っていました。私はその場に来るなと言われていて、二階にいたのですが、声は聞こえてしまっていました。

そしてそれは、私の隣にいた妹の耳にも入っていたのでしょう。

小霧は、どう思っていたのでしょうか。

少なくとも、私は嫌だと思いました。

小霧と、一緒に学校に行きたいと思っていました。

だから、階下で相談を続ける大人たちが、

『なんで、そんなに腫《は》れものを扱うような話し合いをするのか……』と思いました。いえ、当時はそんな言葉は知りませんでしたので、何か別の概念と言葉で、同じ感情を抱いたのでしょう。

つまり、当時は感情を上手く言葉にすることができなかったのです。

その時、私は咄嗟《とっさ》に、妹に『何か』しなければならない、と強烈に思ったのです。

自分に、何ができるだろう。

テレビは一階にしかないから、ゲームはできないし、そもそも妹にはゲームなんて意味がない。

お客さんが来ているから、小霧と一緒に歌を歌うこともできない。

(僕はお兄ちゃんなのに、嫌な思いをしている妹に、何一つできない)

できることがあるとすれば、と考えた末に、私が手を伸ばしたのは本でした。

「小霧、おいで」

「お兄ちゃんが、本を読んであげるよ」

「どれがいい？　……ああ、漫画ばっかりだなあ。よし、お兄ちゃんが小霧でも楽しめる本を、今度買ってくるよ」

大方の子供と同様、私も小学校入学前には、漫画のようなものを読んでいたのですが、この時以来、意識して小説とまではいきませんが、なるべく挿絵のない、文字だけで楽しさが伝わるような『物語』を求めるようになったのです。

小霧、覚えているでしょうか？

確か先生たちが何度目かの相談に来た時、小霧が手を伸ばして、

「これを読んで」

と、私に手渡してきた小説のことを。

岡部蛍著の『リライト』です。

さあ、そうなった時の私の自慢っぷりったらありませんでした。何しろ私は、あの冬に『作者』からお墨付きで、『物語に隠された真相』を暴いたのですから。

正直、この時だけです。小霧が私を見て、

「あ、本当だ。計算するとそうなる。すごいね」

と、言ったのは。

本を読んでいると、時が経つのを忘れ、気がついてみると部屋はすっかり夕暮れに染まっていました。

そこに相談を終えた父が来て、電気を点けました。

「駄目じゃないか。暗いところで本を読むと、保彦、お前まで……」

目を悪くする、と父は言いたかったのでしょう。小霧の手前、ぎりぎりで口を噤《つぐ》みましたが。

そして父は、小霧を抱きあげ、
「小霧、やっぱり、お前は保彦とは」
一緒の学校へ行けないと、父は済まなそうに言ったのです。
妹は何も言いませんでした。
そして、何年か後……『時を翔る少女』という本が発売することを知りました。
妹がその本に興味を持ったので、私は読んであげる約束をしました。
これだけが、自分にできることだと思っていたので。
ところが、ある日気づいたのです。
『僕には、できる』
私が読まなくても、その本を読んであげる『約束』を、果たすことができる。
その唯一の可能性に、気がついたのです。
私の首にかかっている『これ』を使えば、妹の目が見えるようにすることができる。
『時を翔る少女』の前に、『リライト』という本を読んでいたからでしょうね。
そう、未来から来た『保彦』が使っていた、傷を一瞬で治す装置があれば……。
私は、決めました。
この当時はまだ、知りませんでしたが……。
『秋』に消えた母の因果を、

『冬』に姉からもらった力で、
『春』が見えない妹を、
『夏』の物語に導くために……。

「こうして、私は二三一一年に飛ぶことを決めたのです。タイムリープの力を使って」

5　色

「小霧の目を、治す方法を思いついたんだよ」

それは、私がある種の特別な学校に通うことが決まってから数日後のことだった。いつものように兄と二人だけで浜北市の家にいて、私が洗濯物を取り込んで、畳んで箪笥にしまっている間、兄は何をしていたのだろう。自分の部屋で本でも読んでいると思っていたのだが、唐突に、私に向かってこんなことを言ってきたのだ。

この愚かな少年は何を言っているのか、と思った。

同時に、あの女……霞を思い出した。

（……そういえば）

目の前にいる弟。彼自身が主張するところによれば、私の『兄』である保彦。

（髪の色が、あの時見た鏡の女、霞に似ているような……）

もちろん、似たような髪の色の人間など、たくさんいる。

霞がいつの時代の女性だかは知らないが、たとえ似ていたとしても因果関係はないだろう。

私は目が見えないのでよくわからないが、兄の保彦の目は、純粋な日本人としては、珍しい色をしているらしい。

緑がかった瞳。

なぜ、そのような色なのかは、兄本人にもわからないらしい。

（……？）

色？

緑？

髪の色？

なぜ、それが見えた？

霞はいい。あの時見えた鏡の中の女性は、恐らく人間ではなかったのだろう。本人も、自分の生身はすでに死んでいると言っていた。

しかし、兄の髪の色がなぜ『そう』だと、私にはわかる？

『緑』というのがどんな色なのかすら、私にはわからないのに。

たとえば、再婚して一年後、私と父と義理の母、そして保彦とで、花見に行ったことがある。

桜が満開の土手でシートを広げ、お弁当を出し、私以外の三人は桜をめでて楽しんだらしい。

私はただ食べていただけだ。

花というものが、どういうものか知らない私に、お花見など何の意味もない。

ああそう言えば、あの時も、愚かな兄は私に向かって、一生懸命に話しかけていた。

『小霧、桜が綺麗だよ。すごいよ。どこまで行っても桜が続いているよ。すごくすごく、綺麗だよ。花の洪水みたいだ』

ええ、お兄ちゃん。

『今回』のお兄ちゃん。

目の見えない私にとって、花など、虫とも草とも区別のつかないただの『物体』でしかないことが、どうしてもわからない愚かな『お兄ちゃん』。

『目が見えない』人間がどういう心理なのか、これっぽっちも理解できない愚兄。

たかが、炒めものと味噌汁を作ることすらできない馬鹿なガキ。

大嫌いでしたよ。

そんなことを、昨日夢で見た気がするけれど、まあ夢だろう。

さて、私たちは『小学校』に入学する年齢まで育った。

私は目が見えないので、兄とは違う学校に行くことになった。

これで、少し困ってしまった。

江戸時代以前、私が貴族だった頃には考えられないほど贅沢な悩みなのだが、現代には『紙』があふれ返っているのだ。

家にいた頃はよかった。父も義理の母も几帳面な性格で、たとえ平日であったとしても一日に一回は掃除機をかけたし、兄の保彦も物を出したままにしておくような性質《たち》ではなかった。家具と家の構造さえ覚えてしまえば、すんなりと歩くことができたし、物にぶつかるようなこともなかった。

しかし、学校に行きだしてから、頻繁に転ぶようになった。

紙が、あふれすぎていたからだ。

机の上においてあるノートの類が落ちたりして、私には非常に危なかったのだ。

紙のことで困っていたから、連想で髪の夢など見たのだろう。

見えない私には、『紙』に文字が書いてあるかどうか判別できないのである。

昔は、そんなことはなかった。

『真っ白な紙』は厳重に管理されたし、まして記録が書かれた紙は、さらに慎重に保管されていた。替えがなかったからだ。私の知る限り、江戸時代でも同様に『紙』は保管されていたと思う。

ところが、私が今回生まれ育った西暦一九九〇年代前半から二〇〇〇年代前半はどうだ。紙があふれすぎている。

紙のない家庭も、会社も存在しない。あれほど珍重された『真っ白な紙』が、街頭では、ビニールのパックに詰められ、無料で配られているらしい（ポケットティッシュ、と言うのだと兄に教えられた）。

これが、私にはすごく困る。

『文字が書かれている紙』、つまり『意味のある紙』と、『真っ白な紙』の区別がつかないからだ。

たとえば、新聞紙はわかる。触ってみればざらついているし、端がぎざぎざに切られているし、薄い紙が何枚も束になっている物は他にないからだ。新聞紙に入っているチラシも同様で、これも質感が独特だから、触ってみればわかる。

本や、雑誌などもわかる。

困ったのは、学校で使う教科書やノート。そして何より『ノートから切り離された、一枚の紙』だ。

触っても、文字が書いてあるかどうかが判別できないから、捨てていいのかまったくわからない。

新品のノートと使い古したノートの違いも同様だ。使い古されたものは高確率で誰かの持ち物だし、捨てていいものではない。

また、私の通っていた学校では、問題児が多かったため、廊下や教室に『紙』が散らばっていることが多かった。

『上履き』を初めて履いた私にとって、学校の廊下や教室は恐怖を覚える場所だった。何が落ちているのかがわからないし、落ちていた物を拾っても、それが捨てていい物なのか、誰かの所有物なのか、まったくわからなかったからだ。

しかし、この問題はほどなく解決した。

(そう、あれは……)

「小霧の目を、治す方法を思いついたんだよ」

と、愚かな兄が言い出した、翌日のことだった。

それは、兄が失踪した日の明くる日でもあった。


「お兄ちゃん？」

特に兄に用事があったわけではない。

家の構造も家具の位置も、冷蔵庫の配置も、その中に並べられている食品の配置も、すべて覚えていた。

なので、私一人でも、喉が渇けば冷蔵庫に行き、牛乳かジュースを出して、コップにそれを注ぎ、冷蔵庫に飲み物を戻すことができた。だから、喉が渇いても兄は必要ない。私一人で事足りる。

空腹でも、母が買ってきてくれるお菓子や菓子パンの位置も、炊飯器の場所ももう覚えていたから困らない。

私は今の状態に満足していた。

一日三食、白米の握り飯が食べられれば、私は文句などない。あとは水が飲めれば、この千年を生きた魂には充分だった。

それほどに、この国は豊かになった。

この家の中にいれば何とか生きていくことができた。

かつて『目が見えない』という理由だけで親から捨てられ、雑草と虫を食べて川の水で生きようとして、結局一歳半で死んだ『小霧』に比べれば、まるで現代は極楽のようだった。

だから……この時、兄が何をしようとしていて、その結果として兄が何を望んでいたのか、まったくわからなかった。

蛇口をひねれば、飲んでも腹をくださない水が出て、薪《たきぎ》と火種がないと熾せない火が、つまみを回すだけで熾せて、新鮮な食料がどこの家庭にも冷蔵で管理されている『この時代』。

『この時代』が豊かすぎて、兄が『この時代』ではない『時代』を求めるなど、考えもしなかった。

だから、私は、その紙に気づかなかった。

特に兄に用事があったわけではない。

ただ、家の中に兄の気配がなかった。物音もしなかったし、声も聞こえなかった。

だから不審に思って、私は自室を出て、兄を探した。

「お兄ちゃん？」

兄の部屋にはいないようだった。

「お兄ちゃん？　どこ？」

階段にもいなかった。

「どこ？　かくれんぼは危ないからしては駄目って、お母さんに言われたでしょう？」

一階のリビングにも、風呂場にも、キッチンにも、客室にも、玄関にもいなかった。

となると、外出したのかと思い玄関を調べてみると、兄の靴は、玄関にあった。ドアの鍵も掛かっているし、合鍵も靴箱の上にあった。つまり、出て行ったわけではないらしい。

「お兄ちゃん？」

私は純粋に腹が立っていた。

家を出ていないならば兄はまだ家の中にいる。それなのに探しても出てこないということは、私をからかっているのだとしか思えなかった。

「お兄ちゃん、そういう意地悪をするのなら、お母さんに電話するよ」

電話機の使い方は覚えていたので、私は受話器を取ってかけるふりをしてみたが、それでも反応がない。

「……本当に、電話するからね」

この時、開け放していた窓から風が吹きこんできた。

その風で、私の足元に、一枚の紙がひらりと舞い降りた。

この紙が、『切り離された、ノートの一枚』であることは、わかった。

国枝家では、小霧が転ばないようにものはすべてしかるべきところにしまっておくのがルールだった。学校でいやというほどその恐怖を味わっていたので、『これだけは』と私が両親に願い出たのだ。

だから、私はそれをゴミ箱に捨ててしまった。

そして、母に電話した。

この日から、兄の保彦は失踪した。両親は街中を探し回り、警察にも相談した。捜索願も出したが、兄は結局、見つからなかった。

この時、何か、懐かしい香りをかいだ気がした。

西暦二〇〇二年、夏の出来事だった。


私は知らなかった。

この時、私が捨てた紙には、兄からのメッセージが残されていたのだ。

私は気づかなかったし、両親も、兄の失踪のヒントがまさか家のゴミ箱にあったとは考えもしなかったため、結局このメッセージは誰の目に留まることもなかった。

その翌日、タイムパトロールにそれが発見され、再度、廃棄されるまでは。


翌日になって、小林《こばやし》と名乗る男性の刑事が、国枝家を訪ねてきた。

「静岡県警の小林と申します。国枝保彦君の失踪事件を担当することになりました」

「お願いします」

父が頭を下げた横で、私はこの時、座布団に正座していたのだが、不意に奇妙な匂いをかいだ。

(……何だろう、これ)

かいだことのない香りだった。

(刑事さんからわずかに香る、この香りは……)

昨日、兄が失踪したと思われる時に感じたのと、同じ香りだったのだ。

だが、それに気づいたところで、子供の、それも目が見えない私に発言権はなかった。

ただ大人しくしていて、刑事さんの邪魔をしないようにと言われた。実際、私は刑事を出迎えた応接間から、一歩も出なかった。

だから、気がつかなかった。この後、起きたことに。

「家の中に、何か、失踪の手がかりがあるかもしれません。ですので、家の中を見せていただきたいのですが、構いませんか?」

そういう小林に両親はもちろん同意して、私を応接間に残して部屋を出て行った。


一通り家の中を見て回り、両親に話を聞いた小林は国枝家を辞《じ》した。そして、誰も見えないところまで移動すると、何もない空間から通信機のようなものを取り出してどこかに連絡をした。

「ああ、私だ。任務は終了した。例のメッセージは回収したよ。やはり、ゴミ箱の中にあった。……そうだ。国枝家の夫妻に対する暗示も完了。あとは『静岡県警の小林警部』と、『建築会社に勤める石田章介《いしだしょうすけ》』の痕跡を消して、未来に帰還する」

そう言って通信を切った小林は、前日に小霧が捨てた一枚の紙を取り出して広げ、メッセージを読んで、苦笑を漏らした。

紙には『二三一一年に行って、小霧の目を治す薬をもらってきます』と、書かれていた。


兄は、ついに見つからなかった。

その所為かどうかは知らないが、翌年、国枝家は引っ越しをした。

引っ越しの理由について、両親は何も言わなかった。ただ、兄の思い出が残る家にいたくなかったのだろう、と私は勝手に判断した。

引っ越し先は、同じ静岡県の藤枝《ふじえだ》市岡部町。

数年たち、小学校を卒業した私は、中学校もまた盲学校へ行くものだと思っていた。ところがある日、父からとある中学校の学校名を出され、そこに進学するようにと言われたので驚いた。もう書類も何もかも提出済みで、学校側も了承しており、手続きは全部終わっているということだった。

「え……」

それを聞いて、食事中だった私は箸を落としそうになってしまった。

「私が、その中学に？　だって……」

「いいんだ」父が言った。「いいんだよ。目が見えなくても、小霧は普通の中学校に行ってもいいんだ」

「授業を受けても、黒板の文字が私には見えないし、教科書だって点字のものじゃないと、私にはわからないし、それに」

何より、『普通の学校』へ行くということに違和感があった。もちろん、明治大正の頃には学校へ通ったこともあったが、今と昔では授業も教材も、何もかもが違う。だから、不安だったのだ。

しかし、父の決定は覆らなかった。

「いいんだ」

終始、やや強引に父は言った。

そんなわけで、なぜか私は岡部中学校に通うことになった。

一年後、西暦二〇〇六年。私は、岡部中学校二年四組の生徒になっていた。

七月一日。その転校生はやって来た。

私には、その転校生の容姿がわからなかったのだが、近い席の女子生徒がざわめく声はきこえてきた。

「すごく、格好いい」

「うわ、アイドルの人みたい……」

「目の色が、黒じゃないね。外国人とのハーフなのかな？」

ひそひそと語り合っている声で、外見を想像していた。

その転校生が自己紹介をする声が聞こえた。

「はじめまして、園田保彦と言います」


その声と彼から香る匂いに、なぜか私は、胸が締めつけられるような思いを抱いた。

繰り返される秋において、このシーンがHの義姉であるK・Sと呼ばれる女性が持っていた『過去を映す鏡』に映ることがなかったのは、ちゃんと理由がある。『彼女が勤めていた本屋に訪れたSから頼まれた結果、鏡に願った時』彼女がした願いは、あくまでも『Sという少年が探していた本の一ページ』に関することだったからだ。仮に『あの子に関する近い未来を見せて』と願っていたら、二〇〇六年のこの未来も鏡は映していたのだろうが。そう、この時の彼の目的は本ではなかったのだ。

もっともそんな事態になれば、S姓のKにしてみれば、さらに混乱に拍車がかかるだけだったろうから、願わなくてよかったかもしれないが。

このK・Sは、『彼』を産まなかったために、『彼がいる未来』に干渉することができなくなった。結果として自身の過去と未来を、鏡の中でループする結末になってしまった。

なぜならば、『彼』が存在する未来において、彼女が持っていた鏡の存在は許されないからだった。たとえ、片方の鏡であったとしてもだ。

しかし、S姓ではなく、C姓の、つまりK・Cが見たら『あの子ったら、また……』と呆れ顔で言うのかもしれない。

何しろ、Kはすべてをひっくり返し、自らの家系すら完全に否定し、歴史から抹消したという前科がある。

たった一人の我が子を救うためだけに。

我が子がいる未来、という可能性を守るために。

Kですら、知らない。

実はそれが『正解』だったのだという真実を。

正解だったからこそ、Kと小霧は、その運命のめぐり合わせでたった一度だけ鏡の中で邂逅《かいこう》したのだ。

なぜなら『Kと小霧が一緒の時代にあった』ことも、また正解だったからだ。

Ｃ家に受け継がれた『過去を映す鏡』と『未来へ送る鏡』。
すなわち『時を超える力』。

小霧は、知らない。
小霧こそが、Ｋが持っていた鏡の、二代目の継承者だったことを。
秋は、また繰り返す……。

6 指揮

映像が終わりましたね。

今のが、私が自主的に作成した『リライト』と『リビジョン』及び『リアクト』の顛末《てんまつ》です。

要点だけをまとめて、ビデオにしてみました。

この三つは、『起こった』ことなのです。

『時を超える力』、『過去を見る鏡』、『未来へ送る鏡』、『一人の人間にまったく別の人格を植え付け、家族でない者を家族だと信じ込ませる』云々。

すべて、できるのです。

私が来た未来なら、すべて可能なのです。

先に言ってしまいますが、『リライト』の作中で出てきた『小林警部』と、『美雪の夫だった石田章介』は同一人物で、未来から来たタイムパトロールによって演じられていました。

小林は、ある物を回収するために未来から送り込まれたのです。その任務の他に、同僚である『美雪』の監視をするために、同じ技術を使って『自分は石田章介で、美雪の夫』と、思いこませていたのです。

その後、海外に赴任するふりをして、日本を離れたと同時に暗示を解除し、『時を超える力』を使って飛行機内から脱出。『リライト』作中で『美雪が、ストーカーに付きまとわれている』というシーンまで時間移動し、『夫の章介』の顔を忘れた『美雪』に接触したのです。

はい、そのとおりです。

美雪が、小林に接触して、『あれ、私の夫じゃない』と思わなかったのは、もう暗示が解けていたからです。

さて、ここから先は長く、そして複雑になりますよ。

簡潔に言うと、すべて私が『指揮』したことだったのです。

まず『リライト』『リビジョン』『リアクト』の概要を知った上で重要なことは、この三つが、『前の出来事が起こらなければ、その次の出来事は起こらなかった』という点です。

つまり『リライト』が起きなければ、『リビジョン』における過去改変はなかった。『リビジョン』が起きなければ、『リアクト』における『リライト〝回避〟』は起こらなかった。

そして、今から、私が起こそうとしている行為、言うなれば『リライブ』とでも言いましょうか。

これが起こらなければ、『リライト』は起きなかったのです。

『リライト』と言っても、皆様にお見せしたもの。私が一九九二年の夏、静岡県の岡部中学校で起こした『リライト』では、ありません。

そうなんです。私はもう一度『リ、ラ、イ、ト』を起こしたのです。

それは必要に駆られてのことでした。

これは、最後に説明しましょう……。

さて、『私』がタイムパトロールを作った張本人であることは、先ほど説明したとおりです。

なぜ、そんな組織を作ったのか。それは『タイムパトロール』が存在しなかった未来、に『リライト』されることを防ぎたかったからです。『タイムパトロール』という組織は『作られて当然』なのです。タイムパトロールが『作られなかった未来』というのは、存在してはいけないのです。

説明するまでもなく、『リライト』の時と同じです。それはすでに『あった』のだから、『なかったこと』には、できません。ゆえに、どうせ私が作らなくても、どこかの誰かが作ったはずなのです。

こういう言い方は逃げているようで卑怯ですね。ちゃんと話しましょう。

まず『リライト』の物語が起こった時点で、『時を超える力』が、西暦二三一一年に『存在した』ということだけは、れっきとした事実なのです。

もちろん、前述した『未来から来たバカ』が、年代を偽っていた可能性はあります。しかし、別に正確である必要はありません。二三一〇年でも、二三一二年でも、『未来から来た』ことに変わりはないのですから。

しかし、その後の物語である『リアクト』で、実際に西暦三〇〇〇年からやって来たホタルが、『時を超える力は、二三一一年に発見された』と、言っています。

未来から来たバカとホタルは、出会ったことがありません。つまり、事前に打ち合わせをしたわけではないのに、事実として『時を超える力が存在した年代』を共有していたのですから、バカが嘘をついたのではないのです。バカの言葉は、すべて本当でした。

『君だけだ』という浮ついた言葉以外は、ですが。

当然、『美雪』が存在しなかった以上、『本当の一人目』は別に存在しています。しかし、リアクトであの聡明な彼女が語ったように、それが誰かは、もうこの時点で関係なくなってしまっているのです。誰が一人目であろうが『リアクト』で『時を欠ける少女、相良《さが》穂《ほ》足《たる》さん』と『時を賭ける少女、雨宮友恵《あまみやともえ》さん』が、共謀して『時を書ける少女、大槻《おおつき》美雪』を生み出した時点で、『時を翔る少女』という本の存在は確約されたのですから。

だからこそ、私はタイムパトロールを結成せざるを得なかったのです。

誰がやってもよかった。誰かがどうせなった、というのは嘘です。いえ、責任を取るためには嘘にしなくてはならなかったのです。

……原因を先に説明してしまうと、よりこんがらがってしまうと思いますので、先に、具体的に私がやったことだけ明記しましょう。

まず、私はタイムパトロールという組織を作り上げ、『時を超える力』の管理をすることにしたのです。後から理由は言いますが、この役目は、私以外では絶対にできないことなのです。

そうして、最初は数少なかったパトロールを使い、歴史上、どうしても不明瞭になっていること……皆様の時代でわかるように言うと、ケネディ大統領暗殺の真相や、ある年の九月十一日に起こった悲劇の真実などを解き明かし、世間にそれを公表することで、パトロールに市民権と権力を持たせることに成功しました。少なくとも時間を旅行し、なんらかの調査をするこの仕事は、現代に必要だという認識を持たせたかったのです。

「そうするに至った理由は、簡単に言ってしまえば『リライト』の時と同じです。私がこれからやろうとしていることは、単純に手数が必要な方法だったので、人員は多いほうがいいだろうと考えたのです」

さて、パトロールの数も揃ってきました。そして『リアクト』に登場した少女『ホタル』がパトロールに就任したことで、私は時期が来たと確信しました。彼女が十四歳になるまで待ち、彼女と追いかけっこをした回数を思い出して、『時を賭ける少女』の元に辿りついた時、ちょうどタイムリープをするための薬の残りが二個になるように計算して、ホタルに『時を超える力』と、任務を渡したのです。

そうでないと、二三一一年に行った少年が『帰って来られてしまう』からです。

具体的に内訳を言っておきますと、ホタルの手元に、最終的に残った薬が二個。『時を賭ける少女、雨宮友恵さん』が、バカからもらったのを足して三個。ホタルが一九九八年に行くのに使って残り二個。最終的にホタルが未来に帰るために使い、残り一個の状態で『あるべきところ』に渡っていきました。

そうだ、これも事前に話しておきますけれど……、
不幸にも亡くなってしまった桜井唯さんと長谷川敦子さんは、前述したように死ななくてもよかったのです。ところが、この二人は『約束を守らなかった』のですね。つまり、バカからもらった薬を十年後に携帯電話をとりに行くために使わず、ネコババしたのです。

返してくれるよう頼んだのですが、無理でした。

二人とも、すでに使ってしまっていたからです。

その証拠として同じくパトロールが回収した『投函されなかった手紙』を紹介します。

『雨宮友恵様へ
あるいは、岡部蛍様へ

まず、先の手紙について謝罪したいと思います。

恐らく、頭のいいあなたのことだから気がついているだろうけれど、私は『あの時』薬を使わなかった生徒の一人です。

この力が手に入りさえすれば、たとえ五秒間だけでも、『反則』ができるとわかっていたので、私は薬を使わなかったのです。

そして『使っていない』にもかかわらず、『彼』は助かりました。よって私は、あの七月二十一日の時点で『これはすべて、嘘なのだ』ということを知っていました。当然ですね。私が薬を使って未来に行き、携帯電話を持ち去って連絡しなくても彼は助かったのですから。つまり、彼が私を選んだわけではなく、なんらかの範囲に従って条件を満たした人間に特定の情報を与え、行動を誘導していたのだと、理解したのです。

それに今から考えれば彼の行動は変でした。地元、岡部町では結局例の本の正体がわからなかったので、わざわざ静岡市の大型書店まで赴いて本を探したのに、『目的』である例の本の詳細については一向に興味を見せなかったのですから。

しかし、彼がなぜこんなことをしているのかまではわかりませんでした。ご承知のとおり、あなたの著作である『リライト』を読んだことで、目的はわかりましたけれど。さて、そろそろ本題に入ろうと思います。実に奇妙なことに、今、私の手元には『携帯電話』があるのです。あの時『使わなかった』にもかかわらず、です。いえ、正確に言うと『あった』のです。

長い上に不気味な話ですが、あなたにこの話を聞いてもらって、何らかの判断をしてもらいたいし、恐らくあなたにはその義務があるのだと思います。

事の起こりは私が小学四年生、十歳の時でした。

買い物から帰った母親が、奇妙な顔をして、私に『携帯電話』を渡したのです。もちろん、当時はそれが携帯電話だとは思いませんでした。母の話によると、

『ついさっき、外で、あなたが成長したらこんなふうになるのでは、という女性に呼び止められた。そしてこの機械を持たされ、

「これをあなたの娘に渡してください。そして十年後、すごく困ったことがあったら、たった一つだけ登録してある番号に掛けてください」

と、言われた』

らしいのです。

つまり『薬を持っている私』は、『リライト』の未来篇、二〇〇二年が来る前に、『同じこと』が生じることを知っていたのです。

よって、『リライト』と同じく、当時付き合っていた彼……この彼をDとしましょう。Dが遭難したので、私は、そのDが持っていた携帯電話の番号に掛けたのです。

……いえ、まどろっこしい書き方をしてすみません。

『遭難』と出したので、わかったかもしれませんが……Dとは、私たちのクラスメイトであった室井《むろい》大介《だいすけ》のことです。

はい、あの当時は野球部だった室井大介です。

私にとっては彼氏ですが、あなたにとっては単なるクラスメイトなので、以下『室井君』と呼びます。

この室井君の番号に未来の私が持ってきた携帯電話で掛けたことで、室井君と彼が所属していたサークルのメンバーの現在位置がわかり、遭難して死にかけていた彼は救助されました。

さて、おかしいですよね？

室井君が未来の私が持ってきた携帯電話の番号を知らないのは、仕方がありません。教えていなかったのですから。

でも私から掛けた番号が、遭難していた室井君の携帯に通じたということは、室井君やサークルのメンバーの中の誰かが電話を掛けても通じるということですよね。

それなのに、サークルのメンバーは誰も、携帯電話を使いませんでした。

彼を含め『遭難しているという自覚がなかったため、救助を呼ばなかった』のではありません。自覚がない云々にかかわらず、山登りの最中で食料と水がつき、現在位置がわからないのに、『遭難はしていない』と言えるわけがありません。それなのに、誰も、電話を掛けようとしなかったのです。また、恐らくですが、掛けても通じなかったのでしょう。

さて、雨宮さん。首を傾げなくても結構です。

室井君はあなたも承知のとおり、南アルプスで遭難して死亡しました。

そして、彼が死体となって戻ってきた後、警察による立ち会いのもとで聞きました。彼の携帯には、未来の私が持ってきた携帯電話へのリダイヤル記録が、千件以上残っていたそうです。

つまり彼は、一度遭難しかけた時のように、私に『助けを求めた』のですね。

しかし、繋がりませんでした。

当然です。私の持っていた『時を超える力』で、私はすでに『過去の私』へ携帯電話を届けていたのですから。

ここからは、ひょっとしたら個人への名誉毀損になるかも知れませんので、より回りくどくわかりづらい言い方になりますが、聡明なあなたならば理解してくれると信じて、今の時点で私が知っていることを羅列しておきます。

室井君は一度目の遭難の後、私からの電話によって助かった『事実』を、彼の両親に話したそうです。

そして、二度目の遭難の時、私がその事態を知ったのは、他ならぬ室井君の両親からの電話でした。その時の彼の両親の言葉をまとめると、こうなります。

『息子が登山に行って連絡がつかない。一度遭難しかけた過去があるので、心配だから携帯に電話したのだが繋がらない。ひょっとしたら家族からの電話だから放っておいてもいいと判断して電話を取らないのかもしれない。そこで、恋人であるあなた（私、桜井のこと）から連絡して、無事かどうか確かめてほしい』

そこで、私も過去に持って行った携帯電話とは別の、私自身の携帯電話で彼に電話したのですが、繋がりませんでした。

なぜ繋がらないのか。先ほど話した警察から得た情報をもとに考えてみましたが、室井君はひょっとして、私が過去へ届けた携帯の番号にずっと掛けているから繋がらなかったのでは？　と推測を立てました。

しかし、この推測は私だからこそできた推測ですし、他人にこれを話したところで理解されないでしょう。三度目になりますがご承知の通り、あなたに手紙を書いたのは、事情を知っているあなたならばこの因果を理解してくれると思ったからです。

ここからが本題です。

いいえ、こんなふうに偉そうに書いているのですが、私自身も何を書きたいのか、正直よくわからないのですが……。

もし私が誰かに殺されたのだとしたら、雨宮さんは、『犯人』について思い悩むでしょう。

ですので……いえ、ここから先は、本当に私には関係のないことなのでしょう。ですから、書きません。

でも、もし本当に私が殺されるのであれば、それは恐らく『時の流れ』を乱した罰なのでしょう。だって、私は本来死ぬはずだった恋人を、『ありえない方法』で救ってしまったのですから。

お父様へ、お母様へ

この手紙は、思うところあって、投函はしないことにします。

それと、これは遺書ではありませんが、事実上それに近いものだと思いますので、最後のお願いをします。

もし、私が誰かに殺された場合、それがいつであれ、二〇〇二年八月以前のことであれば、この手紙を冒頭の宛名の方に送るのはよしてください。

もし何事もなく二〇〇二年八月を過ぎていれば、投函してください。

二〇〇〇年、桜の綺麗な季節に

桜井唯

追伸
もし彼が二度目に遭難する前に、私が時を超える力を使わなかったら、彼は助かったのでしょうか？
私の推測でしかないですが、どうであれ彼は助からなかったと思います。
よって、私も』

先に言ってしまうと、長谷川敦子さん、『リライト』でバカと一緒に図書館で本探しをして、その後『雨宮』さんの家に行った彼女ですね。この人の場合はもっと単純で、彼女は成長してから芸能事務所に所属していて、仕事が来ないのを理由に整形手術をしました。ですが、医者が無免許の藪医者だったため、手術は失敗してしまいます。

長谷川さんの場合、手術に失敗した後、過去の自分に『あの整形外科医は藪だから止めときな』と言おうとして、パラドックスに巻き込まれて、亡くなったのです。

『リライト』でバカが過去の自分にアドバイスをしようとした結果、旧校舎を破壊したのと同じです。バカは未来道具のバリアの機能があったので助かりましたが、長谷川さんにはそんなものはなかったので、同じような状況になって、亡くなったのです。

……言いたくはありませんが、愚かですね。だから、バカはあれほど『リライト』の中で、『過去の自分に会おうとしてはいけないよ』と警告したのに。

『リライト』の最初のケースでも同じことなのです。もし、十年前の自分に、十年後の自分が直接会って『この携帯電話で彼を救ってね』とでも言おうものなら、即座に時間がこの出会いを阻止します。あってはならないことだからです。

『リライト』の中で、バカを助けるために薬を使わずネコババしたこの二人はともかく、他の生徒が『リライト』に参加したのに時間のとばっちりを受けなかったのは、バカの助言に素直に従ったからなのです。

つまり、バカから受け取った薬を使って、バカの指示で十年後に行き、バカから教えられたとおりに、絶対に未来の自分とは会わないように、ただ携帯電話を受け取ればよかったのです。

そして十年後の自分は、その時の自分の意思で携帯電話を用意すればよかったのです。絶対に過去の自分とは会わないようにしてね。そうすれば自分と自分だけで因果のループが閉じ、時間の流れのどこにも齟齬《そご》や矛盾が生じないので、この二人のケースのように他人に伝播《でんぱ》する形で異常が発生することはないのです。

長谷川さんと比較して、桜井さんの場合はわかりにくいので、ちょっと整理してみますね。

桜井さんは、母親を介してはいますが、過去の自分に『携帯電話』を届けています。

その桜井さんの彼氏だった室井君は、一度目の遭難において、この携帯電話から繋がった電話が手がかりとなり、救助されました。

その後、桜井さんは自分がネコババした『時を超える力』を使い、過去の自分に携帯電話を渡しています。

では、桜井さんも仮定していますが、もし室井君が再び南アルプスで遭難した時、携帯電話がまだ桜井さんの手元に残っていたとしたら……。

状況が同じなのですから、バッテリーさえ残っていれば、繋がらないほうがおかしいのです。

ですが、恐らく繋がらない。

室井君は室井君で、すでに十年後の未来では、自分がすでに死んでいることを知っていたのですから。

はい、そういうことなのです。

『あったこと』を『なかったこと』には、できないのです。

たとえ時を超える力があったとしても、です。

というのは、私は桜井唯さんの殺害事件の『犯人』を知っているのです。

『犯人』は、一度目の時に桜井さんの携帯電話のお陰で助かり、二度目の遭難で死んでしまった室井大介君の家族です。実際に殺害したのは室井君の父親ですが……。

逆恨みの犯行でした。一度目は助けたのに、なぜ二度目はそうしなかったのかと。

桜井さんが手紙の中でそれとなく示唆していたのはこのことなのです。室井君の携帯から、桜井さんが過去へ持っていった携帯へのリダイヤルがあったことは、警察を通して室井君の両親も知っていました。なので、室井君の両親から見ると息子が遭難した結果、助からずに死亡したのは桜井さんが見殺しにしたから、としか考えられなかったのですね。

だから、『リライト』に出てきた室井君のお母さんは、あんなに驚いたのです。復讐したはずなのに、桜井さんの所為で死んだ室井君が成仏していなかった、と思ったからなのです。

このように、下手に時のルールをいじくり、何とか因果の歴史を変えようとしても、それがうまく行くケースはほとんどないのです。人は神ではないのですから。

桜井さんの件だけで言っても、『もし仮に、一度目の遭難の時、桜井さんが何もしないことで室井君を助けられなかったら、その後、桜井さんが逆恨みで殺されることはなかったのか？』は、誰にもわからないのです。

だから……私は人員を確保して、万全の態勢を整えて、事に当たったのです。

その結果、私は絶望しました。

『彼女』の過去を見る度に号泣し、絶望に打ちのめされ、この身を引き裂かれるような痛みと悔恨と、すべての行動がすべての結果に繋がるのだという、理不尽なまでの時のルールに打ちひしがれました。

「叶うならば、私は自殺したかった。この愚かな人間一人の命で、すべての彼女を救えるのなら、そうしたかった。しかし、そう考えたとき、初めて気がついたのです」

「それでは母の二の舞になるのだと」

「母もまた、私と同じように考えたからこそ、その命を捧げて、私を救ったのだと」

しかし、誰かを救うということは、誰かを犠牲にするということなのです。

調査の結果、犠牲になったのは母だけではなかったという事実に辿りついた時、千年という時間がこの身体に降って来たように感じました。

さて、最後のところを説明しましょうか。

その前に、話しておかないと収まりが悪いので、バカのその後の人生をご説明します。

まず彼は二三一一年に飛ぼうとしましたが、初めてだったためピンポイントでその時代に行くことが叶わず、少し前にずれて二三〇三年に到着。そのショックで一時的な記憶喪失に陥り、里親の元に預けられます。教育を受けて一人暮らしをするようになり、『時を超える力』を開発しました。

その後のことは、皆さんがご存知です。

『リアクト』を体験したことにより、思い出したのです。

救わなければならない少女が、本当は別にいたことを。

だから、私は西暦三〇〇〇年に行き、真実を調べて、あの少女に光を与える技術を生み出したのです。

本当の目的はそちらなのです。

『リアクト』で、その言葉が出てきましたね。

『僕はただ、ある本の続きを読みたかっただけなのに？』

本当は違うんです。続きを読みたかったのではないのです。

本の『続き』を『あの子』に、『読んであげる約束』をしていたからこそ、すべては始まったのです。

私のこの言葉を、『時を欠ける少女』の相良……当時は坂口《さかぐち》穂足さんに否定されたから、欠けていた部分が埋まったのでしょう。だから、私はすべてを思い出したのです。

私の杜撰《ずさん》な計画を、『時を賭ける少女』の雨宮友恵さんに、思い切り否定された結果、ある意味、彼女の想定を超えて厄介なことになりました。

だから、これは私にとっての天罰なのです。

私の妄想でしかない感想を、『時を駆ける少女』のホタルに、皮肉っぽく笑われたのも、これはそのままの意味で皮肉なのです。彼女は私がかつて思い描いていた幻の少女、『時を書ける少女』の大槻美雪に、そっくりな姿だったのですから。

さて、そろそろ自己紹介をしておきましょう。

同時に『なぜ私しか、時を超える力の管理ができないのか』の答えを言います。

当たり前です。私しか、作り方を知らないんですから。

つまり、私の名は、
冬における『一条保彦』。

春における『国枝保彦』。

夏における『園田保彦』。

秋における『千秋保彦』。


「……新婦の兄、保彦です。名前を覚えるのが面倒なら、ただ単に『バカ』で構いません。実際、私がバカだったらからこそ、すべてはひっくり返ったのですから」

こうして、新婦の国枝小霧に届けられた、失踪したはずの兄の国枝保彦からの手紙は、いよいよ本題に入ることになる。

7　式

　静岡県静岡市。今から三年前に建設された街の新シンボルである駅前の葵タワーの最上階で、結婚式が行われようとしていた。ガーデンとスカイ、どちらのチャペルも素敵だと評判の会場だったが、挙式は新婦の強い希望で神前式にて行われたらしい。

　その後の披露宴に招かれた招待客は、すでにドレスに着替えた花嫁を見て、新婦がドレスではなく白無垢で式を挙げたがった理由を知った。和服のほうが、いくらかでも花嫁の目を覆うものが目立たないのだ。

　バンケットルームは白を基調としており、テーブルには強い香りを放つラベンダーが彩られていた。

　客は新婦を見て、誰もが首を傾げたが、会場のスタッフから花嫁の目について、言及はなかった。だから、席に座った客たちが新婦の目について噂をするのを、止めようがなかった。

しかし、会場の隅にあるテーブルに招かれた、三十代前半の男女は、そもそも新婦も新郎も見ていなかった。それどころか結婚式だというのに怪訝な顔で、旧知であるお互いの顔を見回し、いかにも『胡散《うさん》臭い』という表情を浮かべていた。

というのはこの三人。新郎新婦の親戚でも友人でも、同僚でもない。

三人のうちの一人、大柄な部類に入る女性は、左手薬指に銀の指輪をはめている。かつての『時を欠ける少女』にして、ほんの数年だけ出版界に身を置き、その後謎の失踪を遂げた作家、高峰文子《たかみねあやこ》の初代編集者である相良穂足が言った。

「なんで、私たちのところにこの結婚式の招待状が届いて、しかも、なんで出席しているわけ？　私、新婦も新郎も知り合いじゃないし、親戚でもないよ」

「面子《メンツ》を考えれば、わかるでしょう……」

そう気だるげに言ったのは、雨宮友恵だった。穂足の親友にしてホタルとの約束を守った『時を賭ける少女』。今では岡部蛍以外のペンネームも使って、小説家として幅広く活動していた。

その友恵が、対面に座っている酒井茂《さかいしげる》のほうを向き、質問した。

「酒井君と私、それから穂足がここにいるってことは、どうせ『彼』絡みなんでしょう？」

ワイングラスを傾けていた茂が、嫌そうな顔で友恵の質問に答えた。嫌な顔になって当然だった。友恵はともかく、結局『リライト』を経験していない穂足とともにこの式場に招かれたということは、『リライト』の同窓会で彼が披露した説は、すべてではないにせよ、部分的に間違っていたことを示しているのだから。

「おいおい、今更俺に疑惑の視線は向けないでくれよ。昔やった同窓会で、俺は俺の知っている事情は全部ぶちまけたんだぜ」

「そうね」友恵も、ワイングラスを手に取った。「あの時は結局思いこみで呼吸困難に陥って、救急車まで呼んだんですって？」

にやにや笑いながら言う友恵に、茂は彼が飲んでいる赤ワインと同じぐらい赤くなって、慌てて言い返した。

「……俺の持っていた知識だと、ああいうふうに解釈しないと不自然だったんだよ。もう忘れろ。ルールも手駒もわかってないゲームなんて、解けるわけねーじゃねえか」

それから茂はステーキを切って、忌々しげに文句を言った。

「ったく、あのバーカ！　何が『知っていることは全部言った』だ！」

「そうね」友恵が、同意した。「隠しごとが多すぎたわ。未来からやって来たあの愛すべきお馬鹿さんは……」

「でも、ある意味そのお陰で、友恵は作家になれたんでしょう？　今やベストセラー作家じゃない。正直、うちでも書いてほしいって何度も言っているのに」

そう穂足が言ったのを聞いて、友恵が苦笑する。

「……先に仕事のことを話しておくと、あなたの出版社の仕事を請けないのは、仕事であなたと揉めたくないからよ。それと、今だから言ってしまうとね、私は別に小説家になりたかったわけじゃないの。ただ、あなたから聞いた不思議な話に、決着をつけたかっただけ」

「でもそれが現実とリンクしたから、怖くなったんだろ？」茂が友恵に言った。「先に言っとくが、俺は酔ってねーぞ。桜井と長谷川が誰かに殺されたこと自体は現実なんだからな」

「いえ、たぶん、それにはちゃんとした原因がある。……穂足には言ったよね？　その二人のうち、少なくとも桜井さんは、『あの時』薬を使わなかった。つまり、中学二年の夏から、何者かに殺されてしまった二十歳の時までに、二人とも『使って』しまったのだと思う」

「……それが？」

真剣な表情になって、茂が友恵に聞いた。

「どこかで、時の因果を崩してしまった。『なかったこと』を『あったこと』に、してしまった。結果として、時間の流れから『お前は、ルールを破った』と判断されて、罰を受けたのだと思う」

会場ではすでに新郎新婦関係者のスピーチが始まっていて、大いに盛り上がっていたが、会場に誰も知り合いがいないこの三人には、関係がなかった。

会場の隅で、なるべく他人には聞こえないように話を続けていた。

「今、思えばの話なんだけど、私が書いた、というより想定した『リライト』の中で、桜井さんと長谷川さんが過去に殺されていたことにしたのは、別に偶然じゃなくて、私が無意識のうちに『私達のクラスで、薬をもらったら使わずにネコババしそうなのは誰か』を考えていたのだと思う。長谷川さんは性格上、桜井さんは頭がよかったから、他の使い道を考えて利益を出せそうだったから、そうしたのよね。で、恐らく私が考えているとおりのことが起こった。だからこそ、私は警告の意味で『リライト』を世に出したのよ。私たちのような素人が下手に時間をいじくったって、ろくな目に遭わないのは考えないでもわかることなのだから。そして、未来から来たあの子との約束を守って、さあこれでお役御免……と思っていたらこれよ」

友恵が、それぞれの席に配られている席次表を睨んだ。正確には、表の横に書いてある新郎新婦の家系図を。

「たとえば、私たち三人は、私たちには何の縁も縁《ゆかり》もない、国枝家の長女と、園田家の次男の結婚式に招かれている。最初は混乱したわ。だって、招待状の差出人が全然知らない名前なんだもの。だからもちろん、『欠席』の返事を出した。それなのに、気がついたら、この会場にいた。そして、あなたたち二人と再会して、いわば『同窓会』をしている……」

友恵はそこで盛大なため息をついた。

「まったく、洋服は黒しか着たくないのに。結婚式に黒い服で来るわけにはいかないじゃない」

そういう彼女の今日の装いは、淡い菫色《すみれいろ》のパンツドレスだった。

「つまり、あいつに呼ばれたってことか？　俺たちは」

「ほら、答え」

友恵が席次表の、家系図の部分を指差した。それを見て茂が眉を顰める。

「……それには気がついていたが、別に偶然だろ？　珍しい名前じゃない」

「それに、名前が薄くなっているのは、なんで？」

そう穂足が言った時、まるで答えが用意されていたかのように、三名の席の周りで噂話が飛び交っていた。恐らく、新婦の友人たちだろう。

「小霧、お兄さんがいたの？　知らなかった」

「ああ、義理のお兄さんなんだって。ほら、小霧の両親って再婚同士で、お母さんのほうの連れ子がいたの。それがこのお兄さん」

「え？　でも私、小霧の家に遊びに行ったことがあるけど、お兄さんなんていなかったよ？　男の子がいるような感じの家でもなかったし」

「ああ、俺、その話知ってる」

その声を聞いて、穂足が咄嗟に口をつぐんだ。何か、声を出してしまいそうだったのだろう。その様子に気がついて、友恵が彼女に聞いた。

「穂足？」

「……思い出した。あれ、今話をしている男の子。桜井さんの弟さんだ。名前は思い出せないけど、確かそう。顔の印象が変わっていない。うわあ、懐かしい」

「それを、なぜあなたが知っているの？　特に桜井さんと親しかったっけ？」

「いえ違う。そうじゃないの。ほら、私は結局、友恵のうちで預かってもらったけど、最初にその話を打診したのが桜井さんの家だったの。で、その時に父と一緒に私も桜井さんの家に行ったのね。と言っても、子供の私はやることがなくて、その時偶々桜井さん自身は出かけていて、さみしそうにしていた弟君と一緒に少し遊んだの。思い出した」

「へえ……」

友恵が興味深そうな顔になって、言った。

「で、結局桜井さんの家は子供を二人も抱えているから寄宿は無理ということになって、話があなたの家に行ったのよ。友恵」

がついていないようだった。

「あれが、桜井の弟だって?」

茂が好奇の視線をテーブルに向けたが、桜井という青年は、自分の席の噂話に夢中で気がついていないようだった。

「国枝……じゃない、もう園田か。そう、最近仕事絡みで園田とちょっと会ってて、暇な時間に世間話してて聞いたんだよ。義理の兄がいたって。でも、園田が小学校一年の時に失踪したんだって。え? ああいや、誘拐とかじゃないらしい。身代金の要求とか何もなかったらしいからな。うん、だから、今でも生死不明なんだって。それで仕方なく名前を薄くしたんだろうな。戸籍は残ってるから書かないわけにはいかないだろうし。うん、名前はヤスヒコ。あ、新郎と漢字は違うからな。こっちは『保つ』に彦って書く」

この話を聞いて、新婦の友人たちが一斉に質問を始めた。

「誘拐じゃないの?」

「いやだって、誘拐なら、発見されてないならわからないでしょ?」

「いやだって、誘拐なら、普通は小霧のほうを狙うでしょ?」

「ああ、それ、俺も疑問に思ってたんだけど」桜井が、水を一口だけ飲んだ。「そのお兄さんな、瞳の色が何かちょっと変わってたんだって。純粋な日本人なのに、黒じゃなくて緑色がかっていたらしい。それで珍しくて……」

ふと、桜井が台詞を切り、テーブルの上に用意されたラベンダーの葉の部分を指差した。

「そう、こういう緑色の目だったらしいよ」

その台詞を聞いて、友恵たち三人と、招待客のうち、新婦の関係者や友人が首をかしげた。

「やっぱりか」

茂が呟く対面で、友恵も頷いた。

「『続き』か、もしくは『決着』をつけるつもりなんでしょう。あのバカは。……何をする気なのかはわからないけれど、『招待客』として招いた以上、恐らく危害を加えるつもりはないと思う。彼はそういう人間じゃないから」

そう友恵が言ってワイングラスを傾けた時、彼女の席から近い新婦側の友人席からもれきこえた一言が、友恵の耳に入ってきた。

それを聞いた友恵が考え込む。

「……そうか」

「どうしたの、友恵？」

穂足の言葉を無視し、友恵はじっとその『言葉』が聞こえてきたほうを凝視して、ややあって答えを出した。

「……あそこの席ね。新婦の中学校時代の友人みたい」

穂足と茂が、友恵が視線で示したほうを向く。

「それが、どうかしたのか？　桜井の弟と同じってことだろ」

「いえ、桜井さんの弟は仕事で新婦と会ってると言っていたわ。でも、あちらの席の友人は中学卒業以来、新婦に会ってなかったらしいの。つまり、今日再会したってことね」

「そんな奴を自分の結婚式に招くか？」

そう呟く彼の左手薬指には、何も嵌《はま》っていなかった。指輪の痕がないので、外してきたわけでもないだろう。

だから、友恵が笑って言った。

「独身の酒井君に言われたくないと思うけれど……そうじゃないのよ。もし卒業以来、新婦に会っていなかったとしたら、新婦と友人にとって、この結婚式って『何』かしら？」

「会ってなかったら……？」

「それは」穂足が言う。「事実上の『同窓会』よね」

友恵が大きく頷いた。茂も『あ、そうか、そういうことになるな』と、理解したようだ。

そして、すぐに茂の顔色が心なしか青くなった。

「おい、それって……」

「大丈夫、私たちの時のようにはならない」

「根拠は？」

「無関係の人間が多すぎる」すぐに、友恵は言った。「彼が何かするにしても、絶対に無関係の人間は巻き込まないわ。手間と、影響を与える時間の計算が複雑すぎるもの」

「それは単にお前がそう思っているってことだろ？　根拠じゃない」

　友恵は、茂の意見を一笑に付した。

「……あのね、酒井君。あなたとあのバカが、中学二年の夏、あんなに大雑把で場当たり的で、穴がありすぎるどころか穴しかないような計画を実行したのは、『他に何も考えていなかったから』以外の理由があるって言うの？　現に、あなたの横に座っている私の親友は、その『穴』を抜けちゃったから、『リライト』には出てこられなかったのよ」

　さすがに茂は一瞬黙った。が、すぐに反論した。

「……ガキだったってことだろ」

「そうね」友恵が頷いた。「そして、今は私も彼も、もう大人だわ。穂足には子供だっているし、そういう意味での『無関係な人間』を彼は絶対に巻き込まないのよ」

　そう言うと、かつての『時を賭ける少女』は、大人になった証として、新たに注いでもらったロゼワインを口に含んだ。

「さて、何をするつもりなのかしらね。『保彦』君」

　彼女のそのロゼの色は、外を舞う桜の花びらの色によく似ていた。

　時代は、二〇一三年、春。

　国枝小霧は、二十一歳。

　結婚式の最中に、横にいる新郎との出会いと、そこに至るまでの経緯に思いを馳せていた。


人はなぜ、式をやるのだろう。

多くの人間を招き、客以上のスタッフを動員して、時には何百人も招待して人は式にこだわる。

そういう、人を指揮することに娯楽や愉悦を覚えるからなのだろうか。

あるいは、会場を彩る、客のドレスや花を含めた、色《しき》を愛でたいからだけなのだろうか。

もしくは結婚という新たな始期を、祝いたいだけなのか。

いくらお金を掛けたって、祝ってくれる客が増えたって、会場がどれだけ豪華になったって、死期が変わるわけではない。

何をどうしたところで、変わらないのに。

それでも、人は自分の人生という私記に、必死になって何事かを記述する。何もなければ『何もない』と記す。無論、この生が一度きりだとわかっているのであれば、記すことになんらかの意味はあるのだろう。

逆に言えば『続く』ことが判明しているならば、私自身の私記など、それは白紙以外の何物でもないのだ。

式を行うことで、他人を指揮し、色を揃え、始期を祝い、死期を忘れようとし、私記に新たな一ページを加える。

（意味のないことだわ）

スタッフに、ウェディングドレスの着付けをしてもらいながら、私はそう思った。

（私には、その一ページに何が描かれているのかすら、わからないのに）

それなのに、人は式をする。

四季を選び、式を。

四季と時を、祝うのだ。


中学二年生の時、私のクラスに転校生がやって来た。

名前を『園田保彦』と言う。

担任の細田《ほそだ》先生が転校生を紹介した。ちなみに、細田先生は若い女性で国語を担当していた。先生の父親も教師で、そちらは社会科の教師だったらしい。

先に言っておくと、私は細田先生にとても感謝している。

先生は点字の知識があり、盲目の私にも国語……というより『読書』の喜びを教えてくれた人だったのだ。恩人というべき存在だ。

細田先生のみならず、この学校では、皆、私によくしてくれた。

先生も、生徒も、学校職員の人たちまでもが、私に親切だった。

不思議なことに、聞いてみると、私に優しく接してくれた人たちは、家族や親族に、障害者を抱えている人たちばかりで、私の学校生活が他人事に感じられないらしい。

だから、私は目が見えなくても、ごく普通の中学生活を送ることができた。

地理は、日本の形をした模型や、地球儀などを使って、地理の先生が丁寧に教えてくれたし、私にとっては未知の学問だった数学も、理屈と、記号の形さえ覚えれば、何とかなった。

他の教科も、それぞれの先生が、それぞれに工夫をこらした方法で、目の見えない私に、親切に教えてくれた。体育でも走ることは大好きだったし、跳ぶタイミングが摑めれば、走り幅跳びも高跳びもできたし、ここで曲がってと指示されれば、マラソン大会にも参加できた。

一年時、文化祭で、私のクラスは合唱を披露した。私が参加しやすいようにクラスの皆が考えてくれたからだ。

放課後の掃除でも、教室の形と、椅子と席がどう配置されているかさえわかれば、箒ではいたり、雑巾掛けもできた。

ごくごく普通に学校生活を送ることができた。

皆が、私を見てくれた。

そんなふうに、誰も彼もから、優しくされているうちに、私は、

「……死にたくなってきた」

そう思うようになっていた。

ひねくれすぎている、と思ってくれていい。

だって『今』が私にとって優しい世界だとしても、『次』がまたそうである保証など、ないのだ。

現代が私にとって住みやすい環境だとしても、この五十年後に『また』世界中を巻き込む大戦が起こらないとは、限らないのだ。

私が三河《みかわ》の近くに住んでいた頃、近くで合戦がよく起こった。私は戦に巻き込まれて、少なくとも三回は死んだ記憶がある。その内二回は、興奮した侍に犯されてから死んでいる。

もちろん、幕末の頃の戦争にも巻き込まれて死んだ。世界大戦でも、空襲で一度、余波で三度、そのうち二回は、生まれて一歳にもならないうちに、火事や疫病や母の乳が出ないことが原因で死んだのだ。

その痛みや悲しみを、知っている。

死んで、死に続けている。

もう一度だけ言うけれど、中学校時代、私の周りにいた人たちは、優しかった。私自身は優しくともなんともないし、優しさを受けることで、幸福になれるほど、単純な性格ではないが、優しさと呼ばれるものが何なのかは知っている。

——それでも。

こんなにも、優しさにあふれていても、

どんなに新しい時代の、新しい娯楽、新しい知識、裕福な環境、見たこともないような技術に触れても、

それでもなお、私の千年は覆らなかった。

まだ私の千回に及ぶ死と生のサイクルから来る業火の苦しみは、癒えなかった。

癒えるわけがないのだ。

『今日』が、どんなに楽しくて、幸福感に満ち溢れて、大満足の一日だったとしても、

『明日』が、同じようになるとはかぎらない。

「私は明日、死ぬかもしれない」

「事故であっけなく、死んでしまうかもしれない」

昔から来た私にとって、たとえば、自動車は狂気の発明にしか思えなかった。

だって、死ぬのだ。

運転をあやまれば、あっさりと事故に遭って死んでしまうのだ。

そう、今回の転生で私を産んだ母親は、うっかり車道に出た所為で、トラックに轢かれて死んでしまった。この状況で『安心』ができるわけがない。

合戦や、年貢の取り立てや、疫病がなくなっても、
車や、生活習慣病や、感電死や、私の時代になくても、この時代に有る病気や事故が、それに変わっただけのこと。

何も、変わってない。

ただ、繰り返しただけ。

「だから霞、今ならわかる。青い眼鏡を掛けた、私の母によく似た人。あなたにいつか、言ったとおりだ。永遠や絶対はないのだ」

それでも、ほんの少しだけ『光』があるのだとしたら、それは先ほども言ったように、『読書』だった。

細田先生に教えられて、いくつかの文学作品を点字で読み、私は読書の面白さを知った。

今回結婚する夫とも、これが縁で知り合った。

高校卒業後、私は福祉施設に紹介してもらったアルバイトをしていた。その帰り道、いつものように点字作品を扱う図書館に赴き、いくつかの作品を吟味していた時。

「その本、面白いですか？」

男性から、声を掛けられた。

それがのちに結婚する人……園田康彦《やすひこ》さんとの出会いだった。

彼は視覚特別支援学校で働いていて、生徒用の点訳書籍を探すため、図書館に立ち寄ったらしい。私と同じ作品を借りようとして、私に話しかけたのだ。

この時私は、何かを直感したのだろう。例の、アレを試した。

名前を聞かれたので、偽名を使ったのだ。

「国枝……美雪、と言います」

彼の反応は、素直だった。

「みゆき？　……漢字は美しい、雪？」

「はい」

「……何か、イメージと違うような」

あ、結婚するのはこの人だ、と私にはわかった。

この日の出会いをきっかけに交際がスタートしたのだが……。

後日聞いてみると、驚いたことに、康彦さんは、私が最初に通っていた盲学校、現在でいう視覚特別支援学校で働いていると言う。

「へえ……」私は、偶然の一致に驚いた。「ということは、もっと前に、私たちは出会っていたのかもしれませんね」

「でも、そうしたら、僕は君とは結婚しなかったと思うな。いくらなんでも、生徒に手は出せないから……」

　そう言ったとき、すでに彼は私の手を握っていたし、私もそれが嫌だとは思わなかった。


　彼を親に紹介した時、両親は喜んでくれたのだが、彼の名を聞くと、やはり複雑そうな顔をしたようだ。

「あ、はい」康彦は、一呼吸おいてから言った。「小霧から聞いています。小霧には同い年の『兄』がいて、小学校の時に行方不明になったきり見つかっていない。それでその義兄さんも、『やすひこ』という名前だったと」

「漢字は、違いますけどね」

　微笑みながら、母が言った。

「いえ、康彦さん。気になさらないで……。私たちは結婚に反対しないし、むしろ小霧を大切にしてくれるあなたに、お礼を言いたいくらいなの」

　母は少しだけ涙声で言う。

「あなたが『やすひこ』で、私の息子も『やすひこ』であることは、偶然です。それに何というのか、あの子は……『保彦』は……」

　母がコップを置いてから、言った。

「不思議ね。死んでいるとは思えないの。じゃあ、どうしていなくなったのか、理由はわからないけれど。あの子はきっと、成すべきことがあって、それをするために必要な場所に行った……。そうとしか表現できないけれど、たぶんこれが正解。元々、不思議な子だったから」

つづけて母が康彦さんに言った。

「だから、康彦さん。私は、私の息子のことで、あなたに思うことは何もありません。あなたたちはあなたたちで、幸せな家庭を築けばいいわ」

「はい」

母の言葉と、それに応えた康彦さんの力強い返事が私は嬉しかった。

それでも……結婚が決まったので、一夜をともにすることになった時。

「あ、悪い」

そう言って彼が、避妊用具を持ち出そうとした。

「結婚が決まったって言っても、式自体はまだ先だからな。でき婚だと勘違いされるのも嫌だから、避妊はしよう」

その提案に、私は苦笑いしか返せなかった。

これは裏切り、なのだろうか。

彼の手がゆっくりと私の服を脱がしている時、ずっと、ずっとずっと考えていた。

抱かれても、私は身籠らない。

キスされている時も、悩んでいた。

そのことを、なぜ抱かれる前に彼に言わないのか。

ベッドに横たわった時もまだ、迷っていた。

もちろん、怖いからに決まっている。事実を言って拒否されるのが嫌だからだ。

行為が始まっても、まだ声に出せないでいた。

それは……愛して、いないから？

だから、私は、流れない涙を流しながら、彼に抱かれるしかなかった。

終わった時に頭に浮かんだ言葉は、ただ一言。

（……ごめんなさい）


冷静になって考えてみると、現代には、結婚はしても、子供はいらないという考え方の男性も女性もいるということは、知識として知っていた。

でも、子供について康彦さんと話をしたことはなかった。

本人たちはそれでよくても、周りが期待する。

だから……私は、康彦さんに聞いてみた。

初めて一夜をともにした後の、ベッドの上でだった。

「もし子供が生まれなかったら、どうする？」

彼の反応は、素直だった。

「授からなかった時は仕方がないし、それは小霧の所為じゃない。諦めるしかないだろうね」

ああ、そうか。

「そう、か」

「え？」

「そうだね、しかたがない、ね」

「どうした、小霧？　俺、おかしなことを言ったか？」

「いいえ」涙はやはり出なかった。「違うの……」

何千回と繰り返してきて、なんで、こんな単純なことに気がつかなかったのだろう。

私は生きたいのだ。

何度でも、生きたいから、幸せになりたいから。

結婚をするのだ。

そして、子供を産みたいのだ。

それなのに何度繰り返しても、いくたび試みても、駄目だったから。

絶望が先に来すぎたから。

希望することがなかったのだ。

未来を、見なかったのだ。

『あなたは、今を見ていないだけ』

彼女の言葉が今更になって蘇ってきた。

（そうだった。彼女は子供を産んでいる『母』だった。だから、私のことがわかったんだ）

蹲《うずくま》って、膝を抱えてしまった私に、康彦さんが色々と言葉を掛けてきたけれど、私はそれどころではなかった。

「小霧？」

「私は……」

言葉にしたかった。

転生すること。目が見えないこと。子供が産めないこと。

すべてを話して、受け入れてほしいという感情が、私の胸を満たしていた。

（でも、もし）

受け入れられなかったら？　という疑問で、頭の中が一杯だった。

「康彦さん」

彼を見た。

光を映さない私の瞳で、愛している人を、精一杯見ようとした。

「私は――

――

――

――なの」

言ってしまった。

秘密を保っておけなかった。

嘘をつくことに耐えられなかった。

反応が怖かった。

こんなこと、正直に話しても信じてはもらえないことはわかっていたが、それでも私は……。

彼の反応は、やはり、とても素直だった。

「そうか」そして私の頭に手を置いて、「辛かったんだな、小霧」

それだけだった。

その言葉を聞いて、私は……子供が、欲しいと強烈に思った。

子供がいるという、未来が欲しい。

愛した人との、子供がいる明日が欲しい。

子供が……！

「あ」

まったく偶然だった。

自分でも、想像していなかった。

その時、感情は、涙を流すべきだと認めていたのだろう。

私の何も映さない眼球が、
私の暗黒しか見せない視覚が、
一瞬だけ、『光』を見せた。

「康彦、さん？」

私は彼の身体を手さぐりで確かめた。

「あなた、は……今、明るい、色？　のシャツを着ていて……髪が濡れていて『青い』という色の、めがねをしていて……」

「え？」彼も、驚いた。「見えないんじゃなかったの？」

「そ、そのはず、なんだけど、どうしてか、一瞬だけ……」

見えたのだ。

自分でも、理由も原因も、わからなかった。

それから半年後、私たちは結婚式を挙げることになり、私は中学校の時に仲がよかった友人を招くことにした。高校へは進学しなかったからだ。住所を確かめるため、久しぶりに電話を掛けた。

「へえ、桜井君って医者になってたの」

「いや、なれるかどうかはまだわからないよ。医学部に進学したってだけだから。もちろん、医者を目指してはいるし、先輩に頼んで現場の見学とかもさせてもらってるけどさ」

相手は二年の時、同じクラスだった、桜井櫂《かい》君だ。

彼は、十年ほど前に、原因不明の事件で姉を失った過去を持っていた。

この時、久しぶりに世間話をしたのだが。

「姉ちゃんが死んじゃって……、親も、言いたくなさそうな顔だったんだけど、姉ちゃんに回すはずだった学費とかが浮いちゃってさ。俺は医者にはなりたいと思ってたけど、学費がどうにもならないだろうって計算してたんだ。それが、姉ちゃんがいなくなったことで、学費がどうにかなった。だから医学部に入れた」

声は、さすがにしんみりとしていた。

「だから、天国にいる姉ちゃんに感謝だな」

その後彼は、奇妙なことを話しはじめた。

「ところで……国枝は覚えてるか？」

「何を？」

「俺たちが中学二年生だった時、一ヵ月だけいた、転校生のこと」

「……？　ああ、うん、えっと、名前は忘れたけれど……」

「え、忘れたの？」

「覚えてるの？　だってあの人、一ヵ月しかいなかったし、私は話をしたこともなかったよ」

「え？」

彼がなぜそんなに驚いているのか、私には理解できなかった。

「じゃあ、まあ、いいや。あの、これはプライベートの話じゃなくて、仕事の話になるんだけど」

「何のこと？」

「俺じゃなくて、俺の先輩で現役の眼科医がいるんだけど、その、ちょっと新しい、あ、いや、無理か。そうか、結婚するんだもんな……」

「だから、何の話？」

「もし、上手くいっても、披露宴がさ……」

この先のことを話しても、仕方がないだろう。

奇跡など、起こらないのだから。


そういえば、と思い出した。

そう、転校生だ。

いや、この転校生のことは直接は関係ない。ただ、名前が似ていただけのこと。

思い出したのは、失踪した兄のことだ。

時間は、康彦さんを両親に紹介した場面まで戻る。

「保彦と言えば」

この話を始めたのは、父だった。父にとっては義理の息子なのだが、それでも、兄が急にいなくなった時、父も必死になって兄を探していた。父は父なりに、兄を愛していたのだろう。

「この間、大掃除をしたらこの本が出てきたんだ」

そう言って、一度居間から出て行った父が本を持ってもどってきたらしい。

私には見えなかった。

「『時を翔る少女』という本は、保彦の本だったか？　それとも小霧、お前の本か？」

「え？」

『時を翔る…………しょう、じょ？』

ああ、そうだ。

思い出した……、
失踪した兄が、その少し前にしてくれた約束を……。

『小霧、明日はお兄ちゃんが、この本を読んであげるよ。僕は料理も何もできないけれど、本を読むことだけはできるから、読んであげるよ。約束だよ。小霧』

その約束を、確かに交わした……。

だから、

「私のじゃない。兄のや……、……兄のです」

危なかった。一瞬『やすひこ』と言いそうになった。

私にとって、もう『やすひこ』は、隣にいる『康彦』さんなのだ。

「じゃあ、捨てていいか？　お前のなのか保彦のなのかわからなくて、捨てられなかったんだ」

「い……」

いいよ、と言おうとした。口は、確かにその形を取ろうとした。

「い」を二回続けて、言おうとしたが。

なぜだろう。恐らく、これが運命のわかれ道だったのだろう。

「だめ」

「え？」

「駄目、捨てないで」

「……そうか」

不思議なことに父は妙に神妙な様子でうなずいた。

「わかった。捨てないでおく」

この時に発見された『時を翔る少女』を、私はなぜか、半年後の結婚式に持ち込んでいた。

ちなみに、調べたところ、『時を翔る少女』の点字版は作成されていないようだった。

だから、私は、恐らく永遠に『時を翔る少女』の読者になることはないのだろう。

奇跡が起こらない限りは。


結婚式の準備は康彦さんが中心となって行ってくれることになったので、私は式までの間、ちょっとした時間ができた。

その間、私は何をどうしていたかと言うと……。

少し、くだらないことをしていて、
有体に言えば、すがっていた。

求めていた、と言い換えてもいい。

数百年の過去に置いて来たはずの、恐らく『希望』と呼ばれるであろうものに、執着していたのだ。

結果として、私は両目に包帯を巻いて、式に出ることになった。


ああ、そうだった。転校生のこと。

何のことはない。この転校生の名前が、失踪した兄と同じ『保彦』だった。

これだけだ。

私は、転校生と話したことがないし、どうでもいいことだ。

いや……一度だけある。

ほんの一言だけ……この転校生と会話をかわしたことが。

あれは……、確か……

七月一日。

放課後の教室に、掃除当番で残っていた私に、彼が……、

「──」

と、言ったのだ。

覚えていない。

何か『理不尽な』ことを言われたのだ。

彼が知っているはずがないことだから、からかっていると思ったのだった。

だから、記憶に残さずに消した。

さあ、そんなことはどうでもいい。

今は、今を見よう。

今日は、私と康彦さんの結婚式なのだから。

『おい、それって……』

『大丈夫、私たちの時のようにはならない』

『根拠は？』

「……？」

何だ、今のは。

聞いたことがない声だ。

結婚式なのだから、私の招待客は、私が知っている人物のはず……。

いや、康彦さん側が招いた客か、そうだ。

そして、式場のスタッフが届いた手紙を読み上げようとしていた。

『新婦の兄、保彦です』

失踪したはずの兄が、帰ってきたのだった。

ラベンダーの香りとともに。

唐突ですが、結論から言います。私の妹、小霧は転生するのです。

何度生まれても、小霧という名になるのです。

何度死んで生まれ変わっても、今、壇上にいる『小霧』という存在になるのです。

ですから当然、私が『兄』として過ごした数年間の小霧も、また小霧でした。

変な言い方ですが、こう言うしかありません。


皆様、どうか一歩も動かずにいてください。というか動けないと思いますので、無駄な努力はしないでください。

遅くなりましたが、園田康彦さん。偶然にも同じ名前ですが、遠慮することはありません。あなたは『康彦』であって、『保彦』ではありませんし、私はこのスピーチが終わったらさっさと消えますので、あなたと小霧は、ただ幸せになればいい。

いいえ、必ず幸せになってください。

小霧に、幸せを与えてください。

この、超弩級にバカな兄に代わって、絶対に小霧を幸せにしてやってください。

「義理の兄として、どうかよろしくお願いします。……さて、祝辞はこれでおしまい。では、呪いを解いて、お姫様に光を与えましょう」

つまり私が『バカ』なのです。

私が西暦二三一一年において、『時を超える力』を開発したバカなのです。

さきほども言いましたが、『今』私は西暦三〇〇〇年にいて、タイムパトロールの……なんというんでしょう。この時代にない言葉なのですが、まあ、言ってみれば長官のような役割をしています。

お察しのとおり、本日は最愛の妹が結婚するというので、西暦三〇〇〇年から、千年ほど飛び越えて、お祝いに来ました。

ああ、何ということでしょう。まだ肝心なことを言っていませんでした。


「小霧、康彦君。本日は本当に、おめでとうございます。小霧、綺麗だよ」


で、正直に申し上げると呪い……小霧の転生の秘密は、『最初』にありました。

今から、私はすごく『気持ちの悪いこと』を言いますが、どうか最後まで聞いて下さい。

特に、『新婦の兄の知り合い』としてこの会場に招いた『友に恵まれる』人には、かなり心証が悪いと思いますが、これは私の所為ではないですからね。

先ほどご覧いただいた『リビジョン』の映像なのですが……。

そうなのです。

あの中の主人公である『千秋霞』が、私の実の母なのです。

そして、『リビジョン』で明かされたとおり、私の実の父である邦彦《くにひこ》は、霞の双子の弟でした。私は、二人の間に生まれた、不義の子。なんと言われても構いませんが、とにかく、普通の生まれではないのです。

恐らく、このために私は生後数ヵ月で死にそうになりました。

そこで、私の母である霞が『何とかしようとした』のが『リビジョン』の結果、というわけです。

そして『何とかしようとした結果』、私は千年前の『オオクニヒコ』と『カスミ』という人物の前に、飛ばされました。

この原因は、はっきりしています。作中でも語られましたが、赤ん坊だった『私』と、タイムリープしてきた『私』が、接触したからなのです。

ところが……私は『時を超える力』でもって、どんな時代にも、どんな世界にも、赴くことができるのです。

さて、思い出してください。『タイムパトロール』は、私の血を引いている者で構成されている、と言いました。要は、私の子孫なのです。逆に言うと、私の血さえ、その身体に流れていれば、誰が『時を超える力』を使っても、五秒の強制力が効かないようになるのです。

先に言っておきますと、これが、私がタイムパトロールを作った理由です。

そして、パトロールが今もって『奴』……つまり『時を超える力』の開発者である『バカ』を追っている理由なのです。

あ、当たり前のことですが、私がパトロールの長官をしている時は、今の格好ではなく、八十歳前後の威厳のある老人の格好をしていますよ。なぜそんなことをしているかといえば……。

たとえば子孫でなくても、全身に流れる血を、私の血と交換してしまえば、時を超える力が使えるようになります。ええ、未来の世界だからこそ、そんな恐ろしいことを考える奴がいるのですね。仕方がないといえば仕方がないです。全身の改造手術ができるような権力者や金持ちにとって、私の生死などどうでもいいのでしょうから。

だから、私がタイムパトロールを作ったのです。

追われないために。追われる側から、追う側になれば、誰も追う側が、元追われる側だとは思わないでしょう?

このことを知っているのは、今のところ、皆さんと、前述した『ホタル』だけです。それも、彼女にしたところで『自己暗示を掛けて、忘れることにする』と言って、その場で忘れてくれました。賢明ですね。私の居所を知っているということは、彼女も、追う側から追われる側になるということなのですから……。あ、もちろん、さっきの彼女からのメッセージは、忘れる前にコメントしてもらったものですよ。

ご承知のとおり、『タイムパトロール』という名称にしたのは、『先に』『リアクト』の物語の中で、ホタルが『自分はタイムパトロールだ』と、言ってしまったからです。先に決まっているのなら、もう名称の変更はできません。私も、恥ずかしさを我慢して、役所に『タイムパトロールという組織を作りたいんです』と申請したんですよ。苦労をわかってほしいものです。

ですから皆さんも、今、ここで聞いたことは、忘れたほうが賢いやり方だと思います。もし、日記か何かに『タイムパトロールの長官の正体は奴だ』と書いたりしたら、当のタイムパトロールに、過去に遡って追い詰められることになりますからね。自分の家系をぐちゃぐちゃにされますよ。

さて、どこまで話しましたっけ、そうそう、私の血の話。

私は、考えたんです。

どこが、最初だったんだろうって。

『すべて』を思い出してから、私は過去に行って、一条夫妻のＤＮＡを密かに摂取し、私のＤＮＡと照合してみました。

驚くべきことに一致しません。

つまり、私は一条夫妻の実の子ではないのです。

じゃあ、私はどこから来たのか……調べてみたんです。ちょうどホタルが『奴のDNAが手に入りました』と言って、『私』に報告してきましたからね。友恵、あの時のキスは僕のDNAが目的だったのはわかってましたよ。それでも、君は僕に悪いようにはしないだろうと思って放置しました。

自分で言うのもなんですが、すごい自惚れ屋ですね。

そうした経緯で、DNAが手に入ったので、

「でかしたホタル君。よし、これで薬を開発した『奴』を探して、薬の作り方を吐かせることができる。探せ！　『奴』を探すんだ。タイムパトロール、全員出動だ」

って、当の『奴』である私が命令しました。

「ホタル君、ボーナスは何がいい？　え、パトロールを辞めたい？　わかった、いいよ」

これがホタルがパトロールから解放された経緯なんです。

で、だーれもいなくなったパトロールのオフィスで、僕のDNAと一条さんのDNAの照合をやったんですね。悠々と。

そうしたら、すぐに別のパトロールが来ました。有能なパトロールがいましてね。『奴』の顔は、どうも日本人に似ている、と思っていたパトロールが、最初から遡って調査したほうが効率的だと考えて、日本史の始まりのほうから調査したんですよ。

もちろんこのパトロールには調査自体を忘れてもらいましたよ。今も彼は、頑張って『奴』を捜索中です。ただし日本以外の国で。

そして調査の結果、私は二千年前にいることがわかりました。

あ、違います。

『今』からだと、千年前ですね。

千年前に、私はいたんですよ。赤子の格好でね。

これは後から調べてわかったのですが……、
私は、『時を超えること』ができる。

千年前でも、千年後でも、自由にどこへでも行ける。

そして『時間』も、『私』同士の接触は、どうしても避けたいみたいなんです。

だって、『自分』と『自分』が出会うなんて、ありえませんから。

ところがですね、『時間』からすると、私の存在は、都合が悪いのですよ。だって、私にはほぼ制限がない。薬を飲むだけで、簡単に時空を超えられるわけですから。

そこで――、飛ばしたのです。

まさか『私』が行くことのないような時代と、シチュエーションを用意したのです。

それが千年前、千秋家の先祖であり霞と邦彦の先祖で私の先祖でもある、オオクニヒコとカスミの元でした、彼らのところに飛ばしたのです。

それが原因で、私の妹である小霧は、転生を繰り返すようになったのです。

同時に、目が見えなくなった。というより、『今』が見えなくなったのですよ。

なぜなら……、
私の生みの母である『千秋霞』は、千年前の『カスミ』と同一人物だったのです。ちょうど、小霧が何度転生しても『小霧』という人間に生まれ変わるように、そういう意味で『同じ人間』でした。違いは、小霧は記憶を引き継ぎますが、私の母はその必要がなかったので記憶を持ち越さなかった。それだけです。

さらに言えばオオクニヒコと私の実父である『千秋邦彦』も同一人物でした。私の実父と同じく、姉と弟で駆け落ちをしたのですね。愛し合いはしても、血が近すぎるので子供を授かるのは諦めていた二人のところに、千年後から飛ばされてきたのが『私』こと、保彦だったのです。

そこで私は本来『ヤスヒコ』という名を付けられて、この二人の間に育つはずだったのです。今の私のように、何も知らず、この二人を実の両親だと思いこんで。

私を育てていくうちに、千年前の二人は自分の血を継いだ子供が欲しくなったのでしょう。結局、二人は血が繋がっていながら子供を作りました。

これは因果なのですね。千年後に私の両親が『まったく同じこと』をしたのと同様、千年前にも『同じ魂の二人が、同じこと』をしたのです。

その結果、生まれたのが『サギリ』、つまり『最初の小霧』でした。

だから、小霧。君が私の母である『霞』と、もし出会う機会があるのだとしたら、小霧は『私の最初の母に似ている』と思って当然なんです。同じ人間なんですから……。


一気に話すと、喉が渇きますね。お茶を一杯いただけませんか？　麦茶が好きなんですけど、緑茶しかありませんか。まあいいです。

ああ、美味しい。さすがに静岡は茶所ですね。

さて、どこまで話しましたか……そう『最初の小霧』です。

小霧はたぶん覚えていないだろうけれど、君は今から千年前に、父オオクニヒコと、母カスミの間に生まれたのです。

そして、本来、小霧は……、

……『気持ち悪いこと』を言いますよ。覚悟してください。

本来はですね。小霧は、私、つまり『ヤスヒコ』と結ばれるはずだったんです。

そうして、『千秋家』というのは生まれたんです。つまり、初代千秋家の当主が私で、妻が小霧だったんです。

そして、それから千年後、こうして続いてきた『千秋家』の何代目かの鏡の継承者が私の母、千秋霞だったんです。

……何の因果なのでしょうね。本当に。

『そういうこと』なんです。

『時間』は『時を超えることができる保彦』を、千年前に飛ばし、『時を超えられない保彦』にして、殺したかったんですよ。

その代わり、千秋家には、『女性』しか使えない過去を見ることができる鏡と、『男性』しか使えない未来へ送ることができる鏡が生まれました。この二つの鏡を私の母が使ったようにすると、とある物体を他の時代へ送る力……つまり『時を超えることができる力』が、生まれたのです。

そして、千年の時を経て、その二つが合体してできたのが『私』なんです。

だからこそ、私は『時を超える力』を開発できたのですね。


ところが、話はここで終わりません。

それはそうです。私はこうして、現代に生きて、小学校まで行ったのですからね。『リライト』の時にはその記憶がすっぽりと抜け落ちていましたが、今は覚えています。

私はそのシーンを、実際に目撃しました。

千年前、カスミが持つ鏡の中から、私の母である霞が、赤子の私を鏡の中に引きずり込むシーンを。

そうなのです。私の母は『本来』の歴史である私が、千年前の同じ『自分』に育てられることをよしとしなかったのです。その二人が、自分たちの先祖であることを知っていても、です。

結果として、両親の存在は消滅しました。自分たちの先祖から、本来続くはずだった家系のすべてを拒否したからです。

言っていることが矛盾している、と思われたでしょうか。

私は『親殺し』はできないと、先ほど明言しましたからね。疑問はもっともです。ですがこれには、私でさえ目を覆いたくなるような、悲惨な『裏』の事情が絡んでいたのです。

ともあれ、こうして私は、千秋家の『未来へ送る鏡』を使って、現代の一条家に出現。

私自身も何も知らないまま、自分を『一条保彦』だと思いこんで、妹の小霧に出会ったのです。

矛盾しているって？　いえ、違うのです。

これは、そういうふうに『最初から』なっているのです。

わかりませんか？

これが『時のルール』なのです。

まず、これを認めてください。『時を移動する力』というのは、『ある』のですよ。実際に私が、時を超えて千年前に来ているのですから。

何度も言いますが、『あったこと』を『なかったこと』にはできないのです。『なかったこと』にするのならば、それは最初から『あったことではなかった』ことにする必要があるのです。そう、私の実の両親のように。

ある以上、あるものはあるし、なかった以上、ないものはないのです。

そうなるように時間を調節し、因果を繋いでいかないと『時間』は成立しなくなるのです。というか、そういうふうに因果を閉じたものを、人間は『時間』と呼んでいる、と言ったほうがより正確でしょうね。

こう考えてください。

一方では、『私と小霧が結ばれ、時を超える力が消滅した未来』がありました。

他方、『私と小霧が引き離され、時を超える力が出現した未来』があったのです。

この二つは、矛盾しないのです。

なぜなら、どちらの世界にも『時を超える力』が『あった』からです。

『あった』以上、『なかったこと』にはできないのです。

だから、誰かがどこかで、矛盾する必要があったのです。

この場合、それを担当したのが『千秋保彦』を産んだ、『千秋霞』と『千秋邦彦』。つまり、私の本当の両親でした。

鏡に宿る『時を超える力』と、それを使う人間の家系を消滅させたことで、代わりに別の『時を超える力』を出現させる可能性……、すなわち、私の存在が許されたのです。

ただ、本当に迂闊でした。事は、私の両親の問題だけではなかったのです。

『千秋保彦』が、『ヤスヒコ』になり、千年前の世界で『小霧』と結ばれる。そうしないと、もう一方の世界では、どこかで矛盾する必要が生じてしまうんです。

だから、小霧、君は転生を繰りかえすこととなったのです。

私を、二三一一年まで、飛ばすために。

簡単に言えば、私が君を哀れむようにするために。

本当に、酷い話なんです。

私は、自分の妹が『目が見えない』ことを知っています。にもかかわらず、妹は料理ができるし、掃除もできるし、簡単な裁縫ならできるし、愚図な私なんかよりも、よっぽど家事ができて、有能な存在なんです。

なぜ『私』の代わりに、その『妹』が犠牲になったのかと思うと、胸が痛むどころの話ではないのです。

何のことかと言えば、私は知ってしまったのです。

なぜ小霧の目が見えなくなり、なぜ小霧が転生を繰り返したのかを。

「あの少女は、『奴』に繫がっているらしい。だから、パトロールはあの少女を監視せよ」

と、嘘をついて、歴代の『小霧』の追跡をさせました。

いいえ、嘘ではありませんね。奴、つまり私に繫がっているというのは、嘘ではありません。

これはすべて『時のルール』とはいえ、判明したのは残酷な事実でした。


「酷すぎたんです。私の妹が繰り返してきた千年の歴史が」


ある小霧は、代わる代わる五人の男に犯されて、最後には刀で斬り殺されました。

ある小霧は、目が見えないのを理由に、生まれて早々に捨てられ、草と虫を食べて生きていましたが、一歳半で死にました。

ある小霧は……、

いえ、よしましょう。小霧はすべて、覚えているのですから……。

こんなおめでたい日に、この世でもっとも幸福にならねばならない女性の『過去』など、語っても無駄なことです。

しかし、それでも言わせていただけるなら、私は、絶望しか見えなかったんです。

先ほど説明した小霧、一歳半で死んだ小霧のすぐ近くに私はいたんです。

もちろん、小霧に見えないようにして。

その夜の小霧は、目が見えないことを理由に、生家を追い出されたのでしょう。ボロ布のような服を着せられ身体は垢だらけで、ろくな食事を取っていなかったため、体中に斑点ができて、それでもなお、生きるために必死で泥水をすすり、虫と雑草を食べていました。しかし、そんなもので栄養を取れるわけもなく、草むらに幼い身体をよこたえ、か細い息をするしかない小霧の横で……私は涙を流しながら絶望するしかなかったのです。

『助からない』とわかっていたからです。

『ここまで酷い』状況になりながらも、小霧は逃れることができずに、死んで、また次の小霧に転生してしまうのです。

私はその時、『リライト』でも使っていた、緊急用の医療キットを持ち込んでいました。これを使えば、その小霧を簡単に助けられるのです。そもそも、これが目的で私は二三一一年に飛んだのですからね。

しかし、使ってはいけないのです。

いいえ、このキットを使う必要すらないのです。

少しの食料と清潔な水と、抗生物質があれば、その小霧を私はすぐに救うことができるのです。

でも救ってはならないのです。

目の前の今にも死にそうな小霧を救ってしまったら因果が崩れる上に、これから何百年か後、私の妹として生まれて来た小霧に繋がらないからです。

これほどまでに辛い経験をしないと、苦痛しかない千年の繰り返しがないと、

『小霧のために、二三一一年に行って、目を治す薬をもらってきます』

と書きおきを残して、実際に二三一一年に行き、『時を超える力』を開発する私に繋がらないからです。

死ぬほど苦しい思いをして、結果として一九九二年に生まれ、私と出会い、義理の兄妹になり、千年の繰り返しの結果として、私の目の前で料理をしないと、私は未来に行かないのです。

「何だ、この呪いは、と思いました。……言うまでもありませんが、私が死のうと思った

のはこれが原因です。私が死んで解決するのであれば、喜んで、私は死にます」

でも、私が死んだところで、事態は何一つ変わらないのです。

『あったこと』を『なかったこと』には、できないのです。

そうなのです。

私はここに来てようやく……、

「私が『リライト』でしたことは、妹がその呪縛の中でされたことと、ほぼ同じだと気がついたのです」


私は『リライト』で、あのクラスの生徒に『記憶』を与えました。

それは、絶対に書かれるべき、一つのある書物についての記憶です。

『その記憶』を持った生徒が存在しない限り、時の法則が乱れてしまうので、私は使命感とともに『リライト』を起こしました。

その一方で、私の妹が、私の横暴で自分勝手で我が儘な行動によって、犠牲になったのです。

小霧は、転生を繰り返し、千年の時を超えてきました。

絶対に未来に行くべき、とある少年に、小霧を可哀想だと思わせるために。

『その記憶』を持った小霧が私に会わない限り、時の法則が乱れてしまうので、時は使命感でもって小霧を転生させ続けたのです。

さらに、小霧が妊娠してしまうと、やはりどこかで時の因果が狂ってしまうので、小霧には子供を産めないようにしたのです。


つまり『リライト』と逆なんです。

私は『リライト』で『この記憶を、未来に残してほしい』という欲望でもって、複数人の、資格を満たした人間だけに、記憶を与え続けました。

逆なんです。

私を二三一一年に送るためだけに、その過去にするためだけに、小霧を絶望させ、千年を繰り返させ、そのすべてを私に目撃させたのです。

『私が複数人とデートして、楽しい記憶を刻んでいる』一方で、

『小霧が、死んで、苦しんで、殺されて、生まれ続ける』過去があったのです。

……こんな、おめでたい日に、言うまいと思いましたが、呪いを解くためにも、申しましょう。

救おうと思えば、救えたのです。いえ、救おうとしました。

ある年、小霧の生まれた家で火災が発生しました。

まだ、消防などという概念すら生まれていない年代なので、火を消すには何キロも離れた川の水を使うしかなかったのです。

そこで私は見てしまったのです。

一つだけ、言わせていただけば、悪意から生じた火ではありませんでした。不審火もしくは自然の発火で、その家は焼けたのです。

それでも私は聞いてしまったのです。


『お父さん、まだ家の中に小霧が残っているのに』

『構わない。あいつは目が見えないし、何の役にも立たない。それにこの前、黙って米を盗もうとした。これは、だからあいつの所為なんだ。見殺しにしてしまえ』


これが、その時に焼け死んだ、小霧の家族の言葉でした。

見捨てられたのです。

私はそれを、憎悪と悲しみをおしころして、聞いていたのです。

「殺そうと思いました」

「ぶん殴ってやろうと思いました」

「小霧と同じように、生きたまま焼いてやろうとも思いました」

でも、駄目なのです。救えないのです。

それは『あったこと』なので、今更『なかったこと』には、できないのです。

私の家庭と違って、小霧を邪魔者扱いし、さらには見殺しにして、生きたまま小霧を焼き殺した家族を、ぶん殴ってやろうと思い、一歩踏み出した瞬間、警告が聞こえてきたのです。

「いいえ、もちろん誰かの音声ではありません」

「神など、いないのですからね」

「それでも、はっきりと聞こえたのです」

『お前には、タイムリープは許したが、干渉は許していない』

『「代償」として、お前にタイムリープのやり方を教えただけであって、「過去」を変えるつもりなら、その分、「未来」も変えてもらう』

『「結果」として、お前の妹になる小霧を、酒井茂あたりに殺させるぞ』

『……いや、そうだな、一九九二年の二年四組に「大槻美雪」が実在する「過去」にしてやろうか？　言っている意味は、わかるな？』

『なぜなら、お前が今、殺そうとしたその夫婦が養子を取り、その子孫が数百年後に得る苗字が、「大槻」だからだ。そして一九九二年、その家には「雪子《ゆきこ》」という少女がいる現在に繋がっているのだから』

『お前が今、その男を殴れば、お前のDNAがその男に付着する。それがこの夫婦がいずれもらう養子に影響を与え、「結果」として遺伝子に乱れが生じ、それは、一九九二年に「美雪」という少女がいた現在に、変わるかもしれないな』

『しかし、それはまずいな。『美雪』は、実際にはホタルだからだ。仮に、お前がその「事実」に気がつかずに、もう一度あの茶番を「美雪」とやったら、美雪は実際には美雪ではない。ホタルなのだから、あの夏の日、タイムリープの薬を使った時点で、もう戻っては来られない。そのままだ。また一つ、時間が乱れてしまうな』

『それが「嫌」なら、懺悔しろ。お前が十数年前にやったように』

『できない』のですね。

因果を崩すこと自体は、どうしてもできないのです。

今も私には、少なくとも今この場では、懺悔し、過去を憎み、涙することしかできないのです。涙すら流せない、妹のために。

私が、一九九二年七月二日、酒井茂に一生懸命に自分が過去に来た理由を説明している時、ある年の七月二日、小霧は武士から暴行を受けて殺されたのです。

私が、一九九二年七月三日、『最初の一人』に説明して、甘い言葉を吐いている時、ある年の七月三日、小霧は戦争のまっただ中にいて、戦火に文字通り焼かれていたのです。

私が、一九九二年七月一日、桜井唯さんと、来週の土曜日に静岡市で本探しをする約束をしていた時、ある年の七月一日、小霧は何人もの男に犯されながら、最後には殺されました。

私が、一九九二年七月一日、長谷川敦子さんと、芸能人に関することで話していた時、ある年の七月一日、小霧は、とある大名の側室の一人になりましたが、子供が生まれないことを理由に捨てられて野たれ死んだのです。

私が、一九九二年七月一日、増田亜由美《ますだあゆみ》さんと、美味しい美味しいと言いながら屋台で買った食べ物を食べていた時、ある年の七月一日、小霧は生まれてから何も食べずに、しまいには餓死したのです。

私が……——。


私が『暢気《のんき》』に、『何も考えずに』、『ただ、時を超えられるという力があるだけで』、

『本当は何も責任を取る気がないくせに』、『ただ、自分のわがままで』、『ただただ、自分の興味だけで』、『面白がって』、『大勢の人々を巻き込んで』、『その結果、多くの人々の運命を狂わせておきながら』、『ここにこうして』、『何食わぬ顔で「妹」の目の前に立って』、『本当は、すべて私の所為だというのに』、『私の笑顔のために、小霧が犠牲になったというのに』、『私が笑った分だけ、小霧は地獄の苦しみを味わっていたというのに』、『私が一九九二年の光をあびた分だけ、小霧は暗黒を見てきたというのに』。

当の『私』は……——

いえいえ、泣いてなど、おりませんよ？

私はただのスタッフです。新婦のお兄様からの手紙を読むようおおせつかっているに過ぎませんので。

泣くものですか。

まして、私が本当は新婦の兄だとしても……泣く資格などないのですから。

私はただ、この手紙を読んでいるだけ。

この手紙の『読者』に過ぎないのですから……。

さて、では、続きを読ませていただきます。

「これが、時のルールなのです。私がこの現代に存在するための代替のルールだった鏡を、私という存在を肯定することで否定した以上、小霧は、何年も、何十年も、何百年も、苦しみ、もがき、暗闇の中にい続けなければならないのです」


私は、空腹の妹に食料一つ与えることができないし、してはいけないことになっている、駄目なお兄ちゃんなのです。

どうしようもないのです。

今更、私が過去、千年前に戻って、小霧と結ばれて、子を作ったところで、どうにもならないのです。なぜなら、今この時点で、時を超えてきた私がここに、こうしているからです。

この現実を『なかったこと』にするためには、それこそ千年前から、もう一度時間を巻き戻し、千年の間に起こったすべての出来事を、初めからやり直さなければなりません。そんなことになったら、時間の流れがどういう選択をし、誰を『あったこと』にし、何を『なかったこと』にするのか、一切の計算ができないのです。小霧が千回死なないようにするために、どんな時の反動があるか、わかったものではありません。

　下手をすれば、人類が滅亡します。

『人類があった』という結果を、時のルールを乱さないために『最初から人類が誕生しなかったことにすれば、時は乱れない』という選択を時間がしない保証はないのです。

　それすら可能にするのが『時を超える力』なのです。

　人類最初の人間を殺すことで、人類を否定できる力。

　つまり『時を超える力』とは、『自らを否定させる力』なのです。

　だから、こんなにも愚かで、残虐で、卑劣な人類が、持ってはいけない力だったということに、私はようやく気がついたのです。


「だからと言って、時を超える力を今更放棄したところで、何の解決にもなりません。『時間を移動した』という過去を、変えられるわけではないのですから。だから、私は決断したのです。もう一度、繰り返せばいいいと」

　そういったわけなんです。小霧と私が結ばれることで、時を超える力を消滅させられるのであれば、『小霧側』が一方的に転生を繰り返す必要はないのです。

小霧側の『転生する』という『次の人生を送らせる権利』のキャンセルを、なんらかの形で外せば、私側に、『時を超える力のきっかけである、女性との出会いのために、輪廻転生を繰り返す』という逆キャンセルを発生させることができるのではないかと、私は考えたのです。


まず、私は時の狭間に放り込まれて、行方不明になった『千秋家の男性のみに継承される鏡』を回収しました。

この鏡には、もはや力は宿っておりません。その力は、私が生まれた時に、別の形となって私に継承されたためです。

それでも、他に私には手がなかった。パトロールを総動員して、何とか、この鏡を見つけ出すしかなかったのです。

一方、西暦三〇〇〇年の目の医療技術に注目し、眼球の表面に取り付けることで表面のフィールドに映された光景を、直接脳にフィードバックする技術を開発しました。

簡単に言えば、『目が機能していない人でも、目が見えているようにする技術』です。

これ自体は、比較的簡単に開発できました。

そして、千秋家の男性に受け継がれる鏡も、何とか回収しました。

さらに鏡の素材を使って、この機能をつけたコンタクトレンズを作ることにも成功しました。

なぜ鏡を使ったのか疑問に思われる方もいるでしょう。ですので説明しますが、元々この一対の鏡は私の『時を超える力』の代替の存在だったからです。そして、私は私のほうの『時を超える力』のレシピを公表する気がないからです。ですので、現時点で存在する『時を超える力』さえ放棄してしまえば、今度は代わりに鏡のほうの力が復活するのでは、と考えたからです。鏡の力が復活すれば、もはや小霧が転生するという運命に巻き込まれずに済むのでは、と考えたので、私はこの鏡を使うことにしたのです。


しかし、問題はここからです。技術は完成しましたが、取り付けるためには脳に直接極細のチューブを繋ぐ必要があるので、外科手術が必要なのです。

当然、それなりの機材も、専門の技術を持った医者も必要です。

この段階で、私は壁にぶち当たってしまったのです。

なぜなら、この技術とレンズ自体はともかく、機材と手術室と、それより何より、医者を『現代』に持ってくることは、不可能なのですから。

ならば、小霧にこちらの時代に来てもらうことも考えましたが、無理でした。小霧は、転生を繰り返すだけで、身体自体は一般人と変わらないのです。つまり『時を超える力』を小霧に使っても、五秒間しか私のいる未来にはいられないのです。だったら、パトロールの中で医療技術を持った人間を探そうとしましたが……。いない、のですね。いるわけがありません。

パトロールは、私の血縁者なのですから。

西暦三〇〇〇年では、パトロールの素養があるとわかった瞬間、それは大抵、子供の頃なのですが、パトロールに編入されるように、他ならぬ『私』が決めてしまっていました。

これが時の因果です。

因果応報とは、このことなのです。

「だから、私はもう一度繰り返すことにしたのです。繰り返すことで、この連鎖を断ち切れるのではないかと考えたのです」

もう言ってしまいますが……酒井茂君、雨宮友恵さん、そして相良穂足さん。愚かにも私は、もう一度やったのです。

何をですって?

もちろん、『リライト』をです。


そのために、私は配下の一人である小林を、国枝家に調査の名目で送り出しました。私が家に残してきた『二三一一年に行ってくるよ』という紙を回収させ、廃棄させましたが、そんなことでは歴史は変わりませんでした。

仕方がないので、今度は小林に、国枝の夫妻に暗示を掛けさせました。

『一人娘である小霧を、岡部中学校に進学させろ』とね。

また、浜北市にあった国枝家には私の私物が残っていたので、これもすべて処分するように両親に暗示を掛けておいたのです。私のDNAが残っている状態では、パトロールにいつ目を付けられるかわかりません。その度に部下の記憶を消していたのでは効率が悪すぎるので。

ただし、約束の証だった『時を翔る少女』だけは残しておきたかったので、引越しの際にこの本自体は新しいものを購入して置いておいたのです。

こうして、小霧を転校させたし、私の私物が残っていた家も処分しました。次は必要な人材を集めなければなりませんでした。

いいえ、パトロールのことではありません。二回目の『リライト』は、一回目と違い、ある明確な目的があったため、それらの条件を満たす人間を揃える必要があったのです。だから、そのために、すべてのメンバーを揃えたのです。

別に、岡部中学校である必要はありませんでした。でも慣れているし、何より地理が変わっていなければ、もう一度別のメンバーと、別の内容を繰り返すだけでしたから、念のため、一家を岡部町に引越しもさせたのです。

そして、小霧が十四歳になり、岡部中学校二年四組になったのを確認し、二〇〇六年七月一日に、私は再び『園田保彦』となり、岡部中学校に転校生としてやって来たのです。

「一つだけ、誤算がありました。『リライト』の時に使っていた旧校舎は新しく建て直して、クラブハウスにしてしまったのですね。仕方がないので、立ち入り禁止となっていた屋上を、今回は密会の場に使うことにしたのです」

私がもう一度『リライト』をやろうと思ったきっかけは、『リライト』の時に使っていた『未来グッズ』です。

あれに、私は賭けたのです。

さて、二〇一三年現在では予想されてはいても、明確に『何時』そうなるかはまだ当事者ですらわかっていない状況でしょう。

来年である二〇一四年に、ノーベル賞を日本人三名が一挙に受賞するという『結果』があります。

『誰が』獲るのかを言ってしまうと、また時の流れがおかしくなりますので、言いませんが。

たとえば、ノーベル賞として認められるような、化学でも医学でも、何でもいいのですが、一つの技術や理論はそう簡単には生み出せませんよね？　何人もの人間が、血反吐をはくような実験の結果、何年も、何年も、地道に研究し続けて、発見されるものですよね？　この私の見解自体には、誰も反対はしないと思うんですよ。

ある日、とある化学者が「あ、思いついた！　これをこうしてこうすれば、新理論の完成だ！」……なんてことにはならないと思うんですよ。一応私も科学者の端くれなので、『たまには』偶然の発見もあると知ってはいるのですが、やはり、地道に何年も、丹念に実験を繰り返さないと、『結果』は出ないのです。

……ですが、たとえばの話。あくまでも『たとえば』の話、です。

四十人の、十四歳の集団がいたとします。

この集団の家族や親戚に『なぜか』障害者がいたら、自分が当時所属していたクラスに、見た目は可愛いし、結構器用だし、それに優しくて、よく気がついて、でも目は見えない、女子生徒がいても、ぞんざいには扱わないと思うんですよ。

その生徒が、一生懸命に頑張って、努力して、懸命に『生きている』姿を見れば、悪くは取らないと思うんですよ。よほどひねくれた、私みたいな人間じゃない限りね。

さて、集団の中には、やっぱり一人か二人は『頭のいい子供』がいるわけです。その子供は、進学校に行ったり、名門大学に進むことが多いです。

もちろん、『上手くいく』とは限らないわけです。お金がない。時間がない。通学の手段がない。単位が取れない。進級できない、など現実的な問題があるので。

あったものを『なくす』ことはできないと、散々言っているわけですが、それは時の問題です。今、言っているのは、あくまでも物理的な問題であって、そんな問題はパトロールが持っている未来の技術で、どうとでもなるのです。

先に述べたような『ふってわいたような』幸運……、宝くじに三回連続で当たるとか、新しい理論を一週間立て続けで思いつくとか。さすがにそれは不自然なので、やらないようにしました。
現実に『これだけは、どうしても必要だ』と思われるものだけを、私は『未来グッズ』に託し、『これが、あの時にあれば、結果は変わった』というifの時間を調査して見つけ出し、この時代に再現したのです。

「それが、いま、壇上にいる美しい花嫁が、目に包帯を巻いている理由なのです」

小霧は半年前、眼科医を目指している桜井燿君……二〇〇六年に転校してきて、同じ二年四組のクラスメイトとして、『未来からやって来た、とある少女の目を治したい転校生』である園田保彦から、未来グッズであるブレスレットをもらいました。そのなかに入っていた『視神経の切断及び復元技術における画期的な技術革命に繋がるヒント』を、確か君は夢の形で見たはずです。そう、すみません。君が独自に思いついたことではなくて、私が未来グッズを通じて君に『教えた』ことだったのです。本当は二六一四年に、ドイツ人が開発するものなのですが、君の場合に限り、一度だけ試したのです。
さらに言うと君に教えた技術も、実際に手術に使ったレンズも、私が未来から持ち込んだ特別製なので、汎用性はないのです。

つまり、君の功績にはならないし、小霧以外の他の患者に使える技術でもないのです。従って君にとってまったく何の意味もないことをやらせてしまったわけなのです。重ね重ね、申しわけない。

でも、これは信じてほしいのですが、私はパトロールを使って、桜井君に『国枝小霧を、自分が思いついた新技術を使った手術を受けてみるよう声を掛けろ』という暗示は掛けていません。小霧に声を掛けたのは、君自身の意思なのです。ですが、誘導するような真似をしてしまったこと自体は、謝ります。

でも、さらに言っておきますが、君のお姉さんが、仕方がないこととはいえ、私との約束を破った結果、時のルールに従って殺されたのは、彼女の自業自得なんです。彼女に配分される予定だった学費が、君のためにつかわれたのも、私は何もしていませんよ。これは本当です。

……あ、友恵、動かないで。私は『そういうこと』をしたんです。

酷い男でしょう?

「ま、さか……」

　スタッフに声をかけられた友恵の顔色が真っ青になっていた。

「何だ？」茂が訊く。「何がしたいって言うんだ？　あいつは」

「しんじられない……」友恵が、低い声で言った。「最低を通り越して、最悪も通り過ぎてる……」

「何がしたかったの？　あの八方美人は？」穂足が、友恵に向かって訊いた。「私たちの時とは違うの？　本が目的じゃなくて？」

「目的はたぶん……本よ。でもあのバカは違う」

「え？」

「本を読むための『根本』を持ち込んで、私たちの時と違う結果をもたらそうとしたの……」

「……？」

「どういうことだ」

　茂と穂足が首を傾げている横で、友恵が悪魔でも見るような顔つきでスピーチを読み上げているスタッフを睨んでいた。

「そこまでする⁉　あなたは！」

するんですよ、友恵。

だって他に、手段がなかったんです。

私は、何でもするって結論したんですから。

言いたいことはわかります。

私は、小霧が幸せになれば、他のことなんてどうでもいいのです。


「バ、バカを通り越している……」

友恵が、スタッフを睨みつけながら言った。

「学校だけじゃない。医療界だって、巻き込まないと『コレ』はできないはず……」

「だから、何を？」

茂の質問に、震えながら友恵は答えた。

「自分の妹……花嫁に、そのレンズとやらをつけて『目を見えるようにする』ために、クラスメイトを利用したのよ」


利用と言ってしまえば、そのとおりです。

ですが、『意にそぐわない』ことはしていません。

たとえば、桜井櫂君。君が医者になりたいと言っていたのは、君自身の意思ですよね？

他に、たとえば新城《しんじょう》さんが看護師になりたいといっていたのも、あなた自身の意思ですよね？

あなたの場合、看護学校に通うお金がありませんでしたが、『偶然』、あなたの家族に遠縁の親戚から遺産が入り、結果としてあなたは学校に通えました。申しわけない。これは実は偶然ではなく、裏から私が手を回して、遺産が手に入るようにしたのです。

しかし、看護師になったのはあなたの頑張りと努力ですし、後に小霧が手術をして、入院した病院に就職したことにも、手をだしてはいません。小霧が不安だろうから、顔見知りであるあなたに、看護を担当してもらえるように手を回しはしましたが、これは偶然で片付けられるものですから。

あの時のクラスメイト、小霧以外の三十九名には全員役に立ってもらいました。

細田先生……、あなたには小霧に『読書』の喜びを教えてあげるように、役立ってもらいました。ありがとうございます。あなたと、あなたのお父さんである細田先生の、未来の墓前に、お礼を言っておきます。

さて、そろそろお暇《いとま》しようかと思います。

それでは、最後に。

小霧、目は見えているよ。

もう君は、光を得たんだよ。

約束は守ったよ。

直接読んであげることは、できないけれど、君にはもう人生を一緒に歩む人がいるのだから、その人と一緒に歩きなさい。

そして……いつか子供ができたら、その子に『時を翔る少女』を、読んであげなさい。

その時まで『時を翔る少女』は、取っておくといい。

自分の子供と一緒に、『読者』になってみるのも、楽しいと思うよ。


「さよなら」

エピローグ

そう……思い出した。

あの転校生。

あの夏に一ヵ月だけいた、園田保彦という転校生が、
七月一日に私にかけた言葉……。

夕暮れの教室、放課後に掃除をしていた私の横をとおりすぎざまに、転校生が低い声で一言だけ言った言葉。

転校生が知っているわけがないと思ったので、からかわれたと思った言葉。

兄だったのだ。

だから、言ったのだ。

私に向かって。

『誕生日、おめでとう』

と……。

「待って！」
私は、包帯を破り捨てた。
その時の私は、変な顔をしていたと思う。

同級生の桜井櫂から、画期的な視力回復の方法があると聞かされ、奇跡を信じて受けた手術。

それが、すべて兄の……。

あの日、消えた兄が……。

「ああ……」

見えていた。これが世界なのか。

そこは『結婚式場』だった。

招待客は皆固まっていて、先ほどまでスピーチをしていた男性、式場スタッフの挙動を見守っていた。

「……待って！」

いや、違う。あのスタッフは違う。

あの後ろ姿は。何より、あの声は。

式場を出て行こうとしたスタッフを、私は席から立ち上がって、追いかけた。

白いドレスが広がり、ブーケに使われていたラベンダーが宙を舞った。

ラベンダーの香り。

その男はすでに、通路に出ていた。

「だって」

今、聞いた話が本当なら。
『私側』の連鎖を止めたら、今度は兄が千年の鎖に囚われてしまう。
「待って！」
ラベンダーの香りが漂っていた……。
男は小霧を待っていたかのように、通路に佇んでいた。
その舌には、すでに『時を超える力』が乗せられていた。
（あれは……兄が持っていた小瓶の中に入っていた……！）
もちろん、見たことはない。だが、この匂いは覚えていた。
あの時、兄が失踪した時に嗅いだ匂いだったのだ。
（あれが、時を超える薬……！）
「待って、お兄ちゃん！」
兄は最後に、何かの言葉を残したようだった。
後になって、それが『ラベンダーの花言葉』であることを、知った。
「待っ

relive

―，追体験する。

（想像の中で）生活し直す，再び体験する：

～ one's life［the past］

（追想などによって）自分の生活［過去］を再び体験する。

（新英和大辞典）

時のエピローグ

オートセラミック処理を施して、
「う、嘘だろう……？　まさか、○△と、◇を攪拌して、
自分で信じられない表情で、その少年が呟いた。
「……できた」

アルカリ水に浸した後……」

その後も、少年の説明は続いたが省く。これは、秘密のレシピだからだ。

何より、この時の少年の呟きが歴史に残ってしまうと、他ならぬ少年自身が、本当に望んでいること。

成さなければならないこと。

忘れてはならないこと。

そして邂逅するはずだった、四人の女性と、四つの物語と、四つの季節が過ぎ去ってし

まうからだ。

「とにかくだ。この薬を大量に作っておくんだ……」

少年は、慌ただしく作業を始めた。


少年は孤児だった。どこから来て、どこへ行くのか、自分でもわからなかった。

ただ、人のいい養父母にひきとられたお陰で、発見された当時の年齢、六歳か七歳の中間ぐらいの時期から八年間を平穏に過ごした少年は、戸籍に登録してあるデータとしては十四歳になっていた。

ある日、少年は養父に命じられ、自宅の倉庫に赴いた。

少年は知らない。これが、その昔、静岡県岡部町にあった『雨宮』という家の倉庫を移築した建物だったことを。

二三一一年の現在から数えて三一九年前、一九九二年の夏に、自分がこの同じ倉庫に何十回も赴くことを。

そして、少年が倉庫に入る数秒前、ここには『時を駆ける少女』がいたことを。

「ん？」

養父に取ってくるように命じられた工具を探していた少年の目が、一冊の本にとまった。

「これは……」

少年が驚いたのも、無理はないだろう。すでに、この時代に『紙でできた本』は存在していないのである。

しかし、それだけではない。なぜか少年の目は、その『前後が破かれていて、タイトルも著者もわからない本』に釘付けになってしまった。

表紙がなかったことが、逆に少年の想像をかきたてた。

それは、たとえば……、

『古びた教室』『もう博物館でしか見ることのできない、昔の学校の校舎』『そこに佇む、赤いリボンと、白と黒のセーラー服の少女』『その後ろに立つ、意味ありげな少年』……。

あるいは、

『それは、鏡の中』『どことなく懐かしげな、優しそうな青い眼鏡を掛けた女性』『鏡の中で、秋に溶けていく様子』『そして、それを見守る少年』……。

もしくは、

『白い雪の中』『眼鏡を掛けた、黒いセーラー服の少女』『本を持っている、顔を見せない少女』『マフラーを巻いた少年』『まるで、自分が開発した薬に似た錠剤』『それが入っている、紫の紐で結ばれた小瓶』……。

でなければ、

『雪のように白いドレスに身を包んだ女性』、『遠い記憶を呼び覚ますようなその女性の瞳』、『ゆったりと漂う本と鏡と花びら』、『純白の会場で、一人佇む男性』、『ドレスの白と、会場の白とで、まるで雪の中に立っているような』……。

そんな、四冊の本のカバーが、なぜか少年の脳裏に焼きついて離れなかった。

少年はその本を手に取り……、

「雪……」

もう現代では見られない、その自然現象に、強く興味を惹かれた。

結局、少年はその本を読んだ。

そして、時の涯へ飛ぶことになる。

四季のエピローグ

秋

「生まれました、霞さん！　男の子ですよ。元気そうな男の子ですよ！」

静岡県清水《しみず》市興津《おきつ》。産婦人科医の三島《みしま》先生がそう言って、出産を終えた直後の霞に、白い布に包まれた我が子を抱かせた。

「ああ……」

霞が、息を漏らす。

やっと、生まれた。やっとこの世に生を享けた。

「……！」

霞が声にならない声をあげて、子を抱きしめた。

霞にはわかっていた。

この子は、禁忌の子。許されない、近親相姦の末に生まれた子。

それでも、この子はこうして、形と、声と、身体を持って、生まれてきたのだ。

だから……、

「大丈夫……お母さんが、守ってあげるから。絶対に何があっても、あなたを……」

その時、三島先生から許可を得たのか、夫の邦彦が分娩室に入ってきた。

「おお、男の子か……！」

もちろん邦彦も、この子が異端の生まれだということは、承知していただろう。

それでも、我が子には違いないので喜んでいた。

霞の次に子供を抱き、愛情たっぷりの目で、赤子を見つめた。

「それで……」霞が話しかけた。「名前は、どうするの？」

「女の子だったら、美雪とか、友恵とか、蛍とか、でなかったら小霧とかにしようと思ってたんだ。ほら、霞の娘だから霧で、霞だから、夏の季語で蛍とか、あるいは、友達に恵まれるように、とか。でも、男の子だからな」

数秒ほど考えた後、まるで運命の様に、邦彦が『その名前』を口に出した。

「そうだ、――にしよう」

名は、書くまでもない。

冬

「さて」

考えに考えたものの、どうしても結論が出ない。

でも、やらなければならない。

それが、未来から来た少女との約束だからだ。

（あの年齢の少年が興味を惹くものって、一体、何かしら）

最初は単純に、甘いもので釣ろうとした。だが、甘いものが好きではない可能性があるし、きちんとした家の子供であれば、見知らぬ人間からは何ももらってはいけないとしつけられているはずだ。

静岡県御殿場《ごてんば》市。辺りは、一面の雪景色だった。

白樺の木に囲まれたその雪原で、一人の少年が無邪気に雪遊びをしていた。雪だるまはすでに完成していて、今は雪玉を作っていた。

どうやら、だるまを標的にして雪合戦をやるつもりらしい。

「……よし」

元々、決断は早い彼女だ。早々に結論を出した。

「この木がよさそうね」

黒いセーラー服に身を包んだその少女は、なんと木登りを始めた。

しばらくして、雪で遊んでいた少年が、飽きたのか帰途に就こうとしたとき……。

「よっ」

少女は木から飛び降りて、少年の目の前に降り立った。

「えっ!?」

少年は驚いただろう。目の前は、一面の銀世界で誰もいなかったのに、いきなり自分よりかなり年上の女性が現れたのだ。

舞い落ちる雪とともに。

「あ……」

少女が少年を見て、いかにも『まずい』という表情を作った。

「見られちゃったか……、あちゃー、どうしよう」

「お、おねえ、さん?」

少年の問いに、少女はゆっくりと笑うと言った。

「あのね、君、名前は？　そう、一条保彦君と言うの。あら、私の知っている人と名前が同じだわ。だから、私は君を一条君と呼ぶね？」

「え、ええ……あ、はい」

「あのね、一条君」

いかにも『秘密だよ』というふうに、しーっとひとさし指を唇にあてててから、彼女は演技を始めた。

「私はね、タイムパトロールの『蛍』と言うの。西暦三〇〇〇年から、タイムリープして、とあることを調査しに来たの。だけどね。本当はタイムリープした瞬間を、飛んだ先の時代の人間に見られてはいけないの。だから、君の記憶を消さなきゃならないの」

「えっ⁉」

一条少年は、驚いた。

この五年前に、少年は場所は違えど、同じシチュエーションでまったく同じことをしていたのだが、そんなことは知らない少年は、純粋に驚いたし、おびえていた。

ふふ、と微笑んでから、少女が少年の頭を撫でる。

「だけどね、あることに協力してくれたら、記憶を消すのはなしにしてあげる。そう、この本……」

雨宮友恵はそう言って、鞄《かばん》の名からとある本を取り出した。

本の名は、書くまでもない。

春

まだ、母が死ぬ前のことだった。

国枝家の母と一人娘である少女が、買い物の途中で静岡県の安倍川《あべかわ》のほとりにある桜並木を通りかかった。

母親は桜を見て『ほら、綺麗だよ』と娘に話しかけるが、少女はにこりともしなかった。

その目に、光が宿っていなかったからだ。少女はこう言った。

「お母さん、いいよ、私に構わないでも。お母さん一人で、桜を見てきたらいい」

少女が言ったが、いくらなんでもこの年頃の娘を一人で外においていくことなどできるはずがない。母親が困っていたところ……。

ごすっという音を立てて、どこからか飛んできたサッカーボールが、その少女の頭を直撃した。

「――――!」

少女が頭を抱えて、その場にうずくまった。

「あ、ごめん、ごめん」

ボールの持ち主である少年がやって来て、少女と母親に詫びた。

かった。

「大丈夫？　痛かった？」

そう少年が言って、少女のほうを見たが、少女は少年をきっと睨むだけで、何も言わな
かった。

この時、もし少女の目が見えていたなら、運命は多少、変わったのだろうか……。

それは誰にもわからない。

少年はもう一度謝って、ボールを手に飛び出して行った。

母親が改めて、ボールが当たったところを見ると、たんこぶができていた。

「大丈夫？　小霧、たんこぶになってるわよ。……あら」

母親が、珍しいものを発見した。生まれてから一度も見なかった、我が子のそれ。

生まれた時すら、少女は『この行為』をしなかったのに、今は突然の理不尽によほど驚
いたのだろう。少女は、ほんの少しだが涙をこぼしていた。

「小霧、泣いちゃったの？　そんなに痛かったの」

「泣いてない」小霧は、否定した。「こんなのどうってこと、ありません」

少女……小霧は知らない。

この何年か後、あの少年が自分の兄になることを。

少年はこの時の出来事と小霧の顔をしっかりと覚えていたことを。

だからこそ、『再会』の時の第一声が『久しぶり』だったことを。

その二十年後……不意に飛んできたサッカーボールのように、兄は唐突に戻ってきて、少女に光を授けることを。

そして同時に、涙を。

千年の中で一度も涙を流したことがない小霧が、最初に涙を流したのは、実は運命の兄と本当に最初に出会った時だった。

夏

それは存在していたかもしれない少女の話……。

少女は、親友から本を借りていた。

すごく面白い本だった。

この本の『続き』があるというので、親友に本を返すついでに、その『続き』も借りる予定だった。

親友が貸してくれなければ、図書館に行くつもりだった。

図書館で貸し出し中なら、本屋に買いに行くつもりだった。

それにしても……と、少女は思う。

本って、どんなふうにできるのかな。
作者の人って、どうやって物語を考えるのだろう。
本を売っている書店員さんも、やっぱり本を読んでから、売りたい本を決めるのかな。
本を作る編集さんも、やっぱり本を読むのかな。
そして、読者である自分。
面白いな。
たった一冊の本なのに、この本の内容を『共有』している人たちがいるという事実。
作者は、一人なのに。
書店員さんだって、一人ひとりは一人なのに。
編集さんだって、一人なのに。
読者は、違う。
何人もいる。それも、時代を超えて、何十、何百、何千と……。
千年前の人は、本を読んだのだろうか？
千年後の人も、やっぱり本を読んでいるのだろうか？
夏の日差しの中を歩く少女が、考えているとき……。
一九九二年夏、静岡県岡部町。
運命が、もう少しで。

時と四季のエピローグ

「……なるほど、つまり、この国で確実に『雪』を見たいのなら、季節を問わず、この『フジサン』とやらに行けばいいのか」

早速、端末に検索を掛け、『フジサン』なる画像を取り寄せる。

それだけで、僕にはわかる《ライブ》。

見る《ビジョン》だけで、すべてが繋がる《アクト》。

さあ、行こう。あの物語の続き《ライト》を読むために。

僕は、ラベンダーの香りのする薬を口に含んだ。口中に広がるさわやかな香りの果てに、

時の流れを見る。

膨大なる『時間』の波が、頭の中に直接広がるイメージ。

（……ああ、あった）

どこにいても、何をしていても、時を捉えることが、僕にはできる。
（……これが、フジサン）
青と白のコントラストが映える、その壮麗な山を、時の中で捕まえる。
（あとは……跳ぶだけ）
ゆらりと自身の存在が揺らぐのを、僕はその身に感じた。
行くんだ。
この時代ではなく、過去の素晴らしかった時代へ。
（雪を見に……僕は）
ふっと、姿が消えた後、僕の脳内で凄まじいまでの警告する声が響いた。
（――――――『冬』は駄目だ！）
「な……」
（――――――『冬』に行ったら、お姉ちゃんがまた泣いちゃう）
「おねえ……？」
何のことだ？　これは何の……、
「僕の……過去？」
喪《うしな》われたはずの過去。
だけど、それを振り切るために、僕は未来へ……。

（……だけど、僕が行こうとしているのは、過去？）

何だこの矛盾は？

どこからか聞こえる声がまた、無慈悲な警告を告げる。

（――――『冬』は駄目だ。『夏』に行くんだ！）

「な……、なつ？」

（――――『夏』に行けば、『雪』に会える）

「な、ん……」

こうして僕は、得体の知れない時の流れに、巻き込まれることになる。

……いや、巻き込まれてしまった後だった、と表現するほうが正確か。

これは『運命』だったのだろう。


「――っづ！」

時を超えた僕を待っていたのは、硬い地面と葉っぱだった。

「な、何だ……？　ここは」

起き上がって辺りを見回すと、鬱蒼とした森の中のようだった。今まで嗅いだことのないような、木々の匂いが充満していた。

それは同時に、僕の知らない景色だった。

「フジ、サン、じゃないな、どう見ても」

やれやれと呟きながら、僕は立ち上がった。

「……それにしても」

なぜ、タイムリープが狂った？

何度も実験を繰り返し、何度も改良を加え、成功率を一〇〇パーセントにまで引き上げたのに、なぜ失敗した？

「いや、それ以前に」

あの『声』は何だったのだろう。

そのとき僕は、それ以前に考えなければならない問題が、目の前にあったことに気づいた。

タイムリープの、究極にして、完全なる二律背反。

事前に見て、確認していれば問題はない。しかし『事前に見て』いたら、因果律が狂うことになる。すなわち、『事前に見ている自分を事前に見ている』ことになるから、防げない。

『目撃者』だった。

「――」

『その子』は、ぽかんとした表情で僕を見つめていた。まるで幽霊を見るかのような目つきで。

……可愛い子だと思った。真っ白いワンピースを着て、つばの大きな麦藁帽子を被っていた。脇に抱えている籐で編んだバッグの中から、本がはみ出していた。

「……あの」その子が言う。「あ、あなた、今、どこから……」

「──ごめんね」

これ自体は予想していたことだったので、僕は素早く『彼女』にライトを向けた。一瞬の光の後、呆《ほう》けた表情になった彼女がそこにいた。

「……ふう」これで、とりあえず問題はない。「あとは記憶を……」

いや、確認が先だと結論した。ちょうどいい、彼女を使って確認しよう。

「……君、『今』は○×暦何年？」

「……？」少女は、不可解そうな顔つきになった。「○×暦……？」

「あ、そうか、○×暦じゃない。西暦だ。今は西暦何年？」

「西暦」ぼそりと少女は言う。「……一九九二年、です」

「『場所』は？　ここは何県のどこ？」

「……しずおか、けん、です」

よし、『県』は間違っていない。

「しだ、ぐん、おかべちょう、です」

「よし、君は何をしているところ？」

「ともだちに、本を借りたから」たどたどしい言葉で、彼女は言う。「かえって、よむ、ところです」

「本？」

彼女のバッグからはみ出していた『本』に目が行く。タイトルはわからなかったが、著者の名前だけは読めた。

『保彦』

「……よし、いいかい？　君は何も見なかった。『ここ』で僕と君は出会わなかった。今、ここで起きたことはすべて忘れるんだ。いいね？」

「……はい」

少女がこくりと頷いたのを見て、僕はもう一度ライトを取り出し、同時にタイムリープの薬を口に含む。

（……洗脳を解除すると同時にここから離れれば、この子の記憶に僕は残らない）

安堵と同時に、僕がこの時代に来た目的を思い出す。

「——ねえ、君」後から、僕は思ったのだけれど。「どこか、ここの近くで」この質問をしたから、『すべて』が始まったのではないだろうか。

「『雪』が見えるところを知らないかい？　できれば『美しい雪』がいいんだけど」

僕はもう『それ』を見つけていたというのに、

『それ』からすべてが始まるのに。

そう、『最初』は言葉だった。

「うつくしい、ゆき？」

「そうだ」

「み……、ゆき？」

「ん？　みゆき？」

「みゆきは」少女が、自身を指差す。「……私」

「は？」

理解できなかった。

理解できた時、すべてが始まった。

「美雪……、美しい雪と書いて、美雪」この名前に魅了された。「それは、私の名前」

「――――――」

この時僕は、

『すべて』悟った。

なぜタイムリープが崩れたのか。

なぜ僕は意図しない場所へ到着したのか。

なぜこの時間、彼女はここにいて、僕と彼女は出会ったのか。

「――そうか」これが。「運命……」

そう、僕は。

「君と……」

美しい、雪と、
すべては、時の流れの果てに。

「出会うために」

「『ここ』へ……」

来た、のではない。

『帰って』来たのだ。

晒《さら》される夏
繰り返す秋
解明《ときあ》かす冬
回帰する春

――春の霞に、生まれた命が、
夏の蛍に、導かれ――
――秋の小さな霧へと、姿を消し、
冬の、美しい雪と出会う――

時に、一九九二年七月一日
この日

そして
〝霞〟――すべての始まりとなる『夢』を見る日
〝蛍〟――すべての始まりとなる『本』を彼女に貸した日
〝小霧〟――すべての始まりとなる『彼女』の誕生日
〝美雪〟――すべての始まりとなる『彼』と出会った日
〝保彦〟――名前のない彼が、『名前』と出会った日

すべての運命が、生まれ変わる《リライブ》。
ラベンダーの、香りとともに。

ラベンダー：lavender

ラベンダーはシソ科の常緑低木。原産地は地中海沿岸。
季節は六〜九月。花の色は、ピンク、紫、青紫、白。
花言葉：『あなたを、待ってる』

あとがき

このシリーズでは、はじめまして、法条遥です。

今までの三作では、余韻を残すことも考えてあとがきは書きませんでしたが、今回でこのシリーズは最後になりますので、総括的な意味でもあとがきを残しておきます。

では、まず本作『リライブ』を含めた四作について少し語らせていただきます。

最後ですので、所謂ネタバレが多数出てきます。あとがきから読む派の方はご注意を。

また、少々長くなりましたが、計四冊分のあとがきですので、ご容赦ください。

■一作目『リライト』
デビュー前に書いた作品です。最初は〈ハヤカワSFシリーズ　Jコレクション〉というレーベルで出ました。

佐々木敦氏が解説で、「（文庫化するのが早かったのには）理由がある」と書かれていますが、続篇の『リビジョン』と文庫で二作同時刊行になりました。つまり、シリーズとして出すことが決まったので『リライト』も文庫化するのが早かったのですね。

続くとわかっていたなら、もっと何か仕込んでいたと思うのだけど、まさか続くとは思わなかったので……。

ところが、このあとがきを書くにあたり、当時のプロットを読み直していると、

「実は、美雪こそが本当の黒幕だったほうが面白いのでは？」

という一文が書いてあって驚きました。頁数の問題や、演出の問題で書きませんでしたが、自分はちゃんと刊行前に「続き」を考えていたのですね。

ところで、私は記録のために、何時その作品を書き始めて、書くのに何日かかり、一日で何文字を書いたか、というのを書いた後に残しておく癖があります。

今、あとがきのために当時のプロットを読んでいると、そうした記録が懐かしくなってきたので、ここに残しておきます。また、ボツにした設定も少しだけ残しておきます。

『時を遡る少女』
二〇〇九年七月一五日　フローチャート作成開始。
二〇〇九年七月一六日　フローチャート一応完成。見直しの必要有り！
二〇〇九年七月二一日　第一稿執筆開始。
二〇〇九年八月二日　第一稿一応完成（人物描写を除いたストーリーラインのみの完成）。

一三日　一〇九二八六文字。一日八〇四六文字。原稿用紙換算で一日二一枚。
二〇一〇年一〇月二四日　出版のためにフローチャートを作り直す。
二〇一〇年一〇月二九日　タイトル候補に『真夏の夜の悪夢《ゆめ》』を追加。または『真夏の夜の虚夢《ゆめ》』あるいは『真夏の夜の逆夢《ゆめ》』。
二〇一〇年十一月二日・完成。メールで送る。
＊最初に付けたタイトルは『時を遡る少女』だったのです。現実にはシリーズを通して『時を遡る少年』になってしまいましたが。
＊フローチャートを一日で考えたように見えますが、違います。私は頭の中に全部できないとチャートを書かないだけです。
　他にも、『保彦が祭りのシーンで金魚を食べたいと言い出すシーンがある（観賞用だと知らなかったから）』『美雪と友恵の苗字を同じにして、実はすべての黒幕は友恵ではなく美雪にする？　つまり美雪は『時を翔る少女』を書いたのではなく、ただ未来の自分が持ってきた『時を翔る少女』をプリントアウトしただけ』と、やはり続篇の考察をしていたようです。
■二作目『リビジョン』
二〇一三年三月一一日　大まかなフローチャート完成。

二〇一三年三月一九日　フローチャート完成。
二〇一三年三月二〇日　第一稿執筆開始。
二〇一三年三月二五日　執筆中に思いついてチャートを簡略化する。
二〇一三年五月一三日　書き直す。簡易フローチャート完成。
二〇一三年五月一六日　第二稿チャート完成。
二〇一三年五月三一日　第二稿完成。執筆八日。七二三九四文字。一日九〇四九文字。原稿用紙二二枚。

記録にあるとおり、この作品は一度別の設定とチャートで書いたのだけれど、どうにも気に入らなかったので、改めて書き直しました（その最初に書いたバージョンでは、霞は映画女優だった）。
この時点で何となく四作全体のイメージがあったので、それを軸にして再構成したところ、何とか形になりました。

■三作目『リアクト』
二〇一四年一月八日　フローチャート作成開始。
二〇一四年一月九日　フローチャート完成。担当に送る。

二〇一四年一月一三日　プロット完成。担当に送る。
二〇一四年一月一六日　執筆開始。
二〇一四年一月二六日　執筆終了。九二五五六文字。一日九二五五六文字。

　この作品は私にしては珍しく、「内容自体は既に頭の中で決まっていたにもかかわらず、何となく形にできないでいた」作品でした。担当編集さんと打ち合わせをしているときにひらめいて、唐突にチャートが決まったのを覚えています。

■四作目『リライブ』
　まだ書いている途中なので、これだけは記録が残せません。

　後から語りますが、最初の『リライト』の主人公が「美雪」だった時点で、実は残りの作品の主人公の名前は、『リビジョン』刊行時にはもう、決まっていました。

　その最後の主人公、保彦の妹である「小霧」の物語であり、作中に存在した謎の総括の物語になっています。

　このシリーズでは、毎回イラスト担当であるｕｓｉさんの素晴らしい表紙をいただいているのですが、少なくともこのあとがきを書いている現在、まだ表紙をいただいておりません。今から、楽しみでなりません。

■経緯

作者と編集者がどのように仕事を進めるのかは、『リアクト』で坂口穂足に語らせた通りです。早川書房さんの場合、後に私の担当編集になるTさんという方が私に会いに来て、「何か、これまでに書いた未発表の作品はありませんか」となったので『リライト』の原型となった『真夏の夜の逆夢』をお渡ししたところ、出版されることになりました。書いてみるとこれだけなのですが（冗談抜きで本当にこれだけです）、色々ありました。

いきなり現実的な話をしますと、出版社というのは変な会社で、大抵の場合逆算してスケジュールが決まります。

まず、発売日が先に決まり、その日から逆算して初校、再校といったスケジュールが組まれます（もちろん、こうじゃない出版社もあります）。

作品のタイトルも同様で、大体、発売日から逆算して二カ月ぐらい前にはもうタイトルが決まっていないと駄目なのです（逆に言うと、発売日までにまだ二カ月ある場合、刊行予告では仮タイトルがつけられたりする。前述の『リライト』＝『真夏の～』は、最初は『真夏の～』というタイトルで紹介されました）。

つまり『リライト』は発売日ぎりぎりでタイトルが変わったのですね。

タイトルは編集部が決める場合も、作家が決める場合もあるのですが（正確に言うと作家が書いたタイトルで問題ないと編集部が判断する、ということです）、『リライト』の場合、『真夏の〜』では、編集部が納得しなかった、ということです。では、どういう経緯で現状の『リ』シリーズになったかというと、突然電話がかかってきて、

T「法条さん、今日がタイトルの締切です」
法「え、聞いてないよ？（本当に聞いてなかった）」
T「とにかく、考えてください。あと数時間で会議です」
法「えーっとね……」
T「じゃあ、また後で連絡しますので」
　数時間後
T「決まりましたか？」
法「じゃあ『リライト』。ほら、『リ』って付くとSFっぽいから」
T「わかりました。じゃあ『リライト』で。また連絡します」
　数時間後
法（ああは言ったけど駄目だろうな。もっと捻ったタイトルじゃないと）
T「決まりました。『リライト』で」
法「えっ？（いいの『リライト』で？）」

T「えっ？（いいからOK出たんでしょ。というか、法条さんが言い出したタイトルですよね？）」

深く物事を考えないほうが、結果としてよい場合も、世の中にはあるということかもしれません。ちなみにもし『真夏の～』でタイトルが通っていた場合、恐らくシリーズの各タイトルはこうなっていました。

第一作『真夏の夜の逆夢』
第二作『秋夜叉』
第三作『冬殺しの少女』
第四作『ディア・スプリング（親愛なる春へ）』

■本音

北村薫先生の傑作に、〈時と人〉の三部作があります。とても有名な作品なので、今更私が紹介するまでもありませんが、
『スキップ』（私が一番好きな話）
『ターン』（私が一番好きな設定）
『リセット』（私が号泣した話）
の、三部作です。

そして森博嗣先生（以下森先生）の傑作に、〈四季〉シリーズがあります。これもやっぱり有名だから、今更私が何を言うこともないでしょう。「四季」という、一人の天才の女性を巡る話です。

つまり、〈時と人〉を、〈四季〉で展開する、〈時と四季〉の物語を書きたいと思いました。森先生の「四季」が女性だったので、では私は男性（保彦）で書こうと考えました。

■設定

とは言うものの四季だけでは書けないので、もう少しだけ設定を練ろうと考えて、作中に盛り込みました。まず名前です。こちらは〈四季〉のほうからつけたのです。

・リライト　夏　美雪
・リビジョン　秋　霞（霞は春の季語）
・リアクト　冬　蛍（蛍は夏の季語）
・リライブ　春　小霧（霧は秋の季語）

「リ＝裏」なので、それぞれの季節に反する名前を付けたのです。『リライブ』の項で述べたとおり、それぞれの四季がどういう物語になるにせよ、主人公の名前だけは決まっていたのです。

では「保彦」はどこから来たのかというと、もちろん〈時と人〉の三部作から。

『リセット』から「真澄」と「和彦」という名前をお借りして、「和彦」から「か」を抜いて、「時間の矢（四季それぞれを貫いている）」という意味の「や」を入れて「保彦」。抜いた「か」を「真澄」に入れて「霞」。だからこの二人は親子なのです。

次は各主人公の職業。

『本に関する本』になることはわかっていたので、

・リライト　作家
・リビジョン　書店員
・リアクト　編集者
・リライブ　読者

の、四つを盛り込みました。結果としてそれぞれの物語がそれぞれの職業を象徴するような物語になりました。

次は立ち位置。「保彦」を巡る物語なので、それぞれの「少女」の役割を決めておいたのです。

・リライト　恋人（もしくは異性の友人）
・リビジョン　母親
・リアクト　姉
・リライブ　妹

まとめると、こうなります。
・リライト　夏　美雪　作家　恋人
・リビジョン　秋　霞　書店員　母
・リアクト　冬　蛍　編集者　姉
・リライブ　春　小霧　読者　妹
書いたなあ……。

■終わり
担当編集者Tさん、ありがとうございました。
イラスト担当ｕｓｉさん、素晴らしいイラストをありがとうございました。
解説を書いて下さった佐々木敦さん、ありがとうございました。
デザイン担当の川谷康久さん、素敵なデザインをありがとうございました。
何より、ここまで読んでいただいた『読者』様へ、感謝を。
では、また四季のどこかで。
時に、巡り合えば。

二〇一五年　法条遥

解　説

批評家
佐々木　敦

本作『リライブ』は、『リライト』（単行本二〇一二年四月刊／文庫版二〇一三年七月刊）、『リビジョン』（文庫書き下ろし、二〇一三年七月刊）、『リアクト』（文庫書き下ろし、二〇一四年四月刊）と続いてきた法条遥による「re～シリーズ」（仮にこう呼んでおく）の第四弾にして完結篇である。二作目、三作目と同じく文庫書き下ろし、前作から約一年、第一作から丸三年を経ての堂々のフィナーレということになる。

第一作『リライト』の文庫版に解説を寄せた際、最終篇の解説も担当することが決まっていたのだが、その時点では、全四作のシリーズになること、二作目以降の題名（のちに一部変更された）、そして第二作『リビジョン』のリライト前の原稿しか情報が与えられていなかった。というか、実際にそれぐらいしか提供出来るものがなかったというのが真実だったろう。従って『リライト』解説執筆時には、私自身、このシリーズの全体像がどのようなものなのか、この先にいかなる展開が待っているのか、ほぼまったく分かっていなかった。それだけに、約九カ月後に出た第三作『リアクト』を読んだ時の驚きと混乱は甚大なものだった。な、何だコレは？？？ そして今、この『リライブ』を前にして私は、なかば途方に暮れている。な、な、何だコレは？？？？？

まず言っておかなくてはならないが、よくこうしたシリーズ物で「特に順番に読まなくてもいい」「どれから読んでも構わない」などといった親切な断り書きがあったりするが、こと本シリーズにかんしては、これはもう絶対に『リライト』から順番に読まなくてはならない。いや、絶対に、といっても無論守る必要などないわけだが、敢えて断言してしまえば、これまでの三作を読まずに本作の頁を繰り始めても、まず何一つ了解することは出来ない。無理である。何しろ、ちゃんと最初から読み進めてきても、頭がパンパンになってしまうのだから。

だから、もしも本書をいきなり手に取っている方がいたならば、悪いことは言わない。四冊全部まとめて購入して一気読みすることを強くお薦めする。ある意味でこの四作は、シリーズというよりも四つのパートから成る巨大な一個の作品なのである。だが同時に、これら四つのエピソードが時を隔てて一作ごとに書き継がれてきたという事実も忘れてはならないのだが。なお、法条遥の経歴については『リライト』の拙解説を参照していただきたい。

第一作『リライト』が〈ハヤカワSFシリーズ Jコレクション〉の一冊として単行本が刊行された際、そしてこれは文庫版のオビにも流用されたのだが、「SF史上最悪のパラドックス。その完璧にして無慈悲な収束」というキャッチコピーが記されていた。名惹句と言ってよいだろう。そもそも私自身、この言葉に釣られて同書を即読みしたのだから。そして読んでみて、それがけっして大袈裟な宣伝文句ではないことがわかった。確かにそこで描かれていたのは、時間SF史上に残る「最悪」と言ってよいタイム・パラドックスだった。

『リライト』文庫版の拙稿をリライトして簡単にあらすじを記せば、物語は二〇〇二年七月二十一日、二十四歳の「石田美雪」が、中学二年、十四歳の夏から大事に仕舞っておいた携帯電話を自宅のベランダに置いたところから幕を開ける。十年前、彼女は謎の転校生「園田保彦」から、彼が三百年後からやってきた未来人だと告げられた。彼はある小説を探すために過去へタイムリープしてきたのだという。彼女は彼の探索を手伝う。ひと夏の間に、二人の距離は縮まってゆく。だが学校の旧校舎に二人きりでいた時、建物の崩壊事故が起き、保彦が瓦礫に閉じ込められてしまう。とっさに美雪は保彦から渡されていた五秒間だけ未来に滞在出来る錠剤を呑み、十年後の未来に跳んで、自分の家のベランダに置かれてあった携帯電話を持ち帰り、出鱈目に番号を押してみたら、偶然にも保彦が持っていた端末に繋がって着信音を鳴らし、そのお陰で救助隊に発見されたのだった。保彦は美雪に、これから十年間、その携帯電話を保管し、二〇〇二年のその日にベランダに置いて、過去の彼女に取りに来させてくれと頼む。そして彼は去っていった。そんなわけで美雪は携帯電話を過去の自分に渡すべくベランダに置いておいたのだが、なぜかその日が終わっても携帯電話は残ったままだった。十年前の自分はやってこなかったのだ。これは一体どういうことなのか？　携帯電話が持ち去られなければ保彦を救うことは出来ない。だが自分が十年間、この携帯電話を保持していたということは、すなわち過去の自分が取りに来たことを意味する。パラドックスである。ここから『リライト』は、そして「re〜シリーズ」は開始された。美雪は自身の記憶と過去のあいだの謎や矛盾に気づき、調査を始める。そして最終的に明らかになったのは、まさに「完璧にして無慈悲な収束」というべき真相だった……。

初読時、私は激しく感嘆したものだ。何よりもまず、この小説のメインとなるアイデアの、度を超したややこしさ、そして異様な面倒くささに。拙解説から引くと、それは「トリッキーでパラドキシカルなアイデアを思いついたから結果として面倒になってしまったのではなく、むしろ「面倒」それ自体をやりたかった、とでもいう感じなのだ。頭がグルグルになるのみならず、読んでいるだけで肉体的にもダメージが生じる気さえする。この独特な感覚は、思えば（デビュー作の）『バイロケーション』から法条遥の作品には備わっていたものである。だがこの『リライト』で、それは全面開花し、過激さを極めている。

読者はこの小説によって、頭と体を思い切り蹂躙されるのである」。

『リライト』は、独立した一篇の作品として読める（というかシリーズ化されるとは思ってもみなかった）。もちろん結末に至っても幾つかの謎が積み残されたままだったので、もしかしたら、という気持ちもなくはなかったのだが、実際に第二作『リビジョン』を読んでみたら、予想とはまるで違う内容だったので非常に吃驚した。『リライト』と同じ一九九二年の秋、今回のヒロインである「千秋（坂口）霞」は、一族の女性に代々受け継がれてきた未来を視ることの出来る手鏡の中に、生まれたばかりの息子「ヤスヒコ」が、一週間後に命を落とすビジョンを視る。手鏡に映し出されたことは確定された未来の事実であり、絶対に変更は出来ない。だが、霞はヤスヒコの死に至る運命を変えるべく、手鏡を使って過去を改変する＝現在を変更することを思いつく。そこからまたしても、度を超したややこしさと異様な面倒くささに満ちたタイム・パラドックスが延々と展開されてゆく。第二作にして、このシリーズのスケールは更に（とりわけ「過去」方向へと）拡張し、壮大な時間ＳＦ／伝奇ミステリの様相を呈する。『リライト』との物語上の接続は、霞がアルバイトをしている書店に、中学生の男女が、ある本（『リライト』に出てくる『時を翔る少女』？）を探しにくる場面などで為されているが、それがどういうことなのかは皆目わからない。ともあれ『リビジョン』は、『リライト』を読んでいなくても、とりあえず独立した物語として読み通すことは何とか可能だった（もちろん色々と謎は残るが）。

問題は、第三作『リアクト』である。この作品で初登場するのは、なんと西暦三〇〇〇年（！）から或る理由で一九九二年秋にやってきたタイムパトロールの少女「ホタル」。彼女は過去を視ることが出来る「坂口霞」と出会い、ペンネーム「岡部蛍」という人物が書いたという小説『リライト』に疑念を持つ。ここへ至って前二作の物語が全面的に、だがやたらと断片的に再話され、次々と改訂され、隠されていた出来事が続々と露わにされるとともに、新たな謎や矛盾が積み上げられてゆく。この作品は『リライト』『リビジョン』を未読の読者には到底手に負えない。時間軸は際限なく錯綜していくし、そればかりか複線化してゆく。種明かしや辻褄合わせと同時にパラドックスの数はむしろ増えてゆく。いや、何がパラドックスであるのかさえ、よくわからなくなってくる。ややこしさと面倒くささは、もはや限界を振り切っており、正直、私自身、全てを理解しているとは到底言えない。

この難解さの原因は明らかに、増殖するタイム・パラドックスに、メタフィクションの要素が掛け算されたせいである。作中に出てくる「小説」に『時を翔る少女』だけでなく『リライト』が加わったことで、それらを書いた者とそれらに書かれた出来事、それらを読んだ者とその結果としての行為が化学反応を起こして連鎖爆発を惹き起こしている。この後、まだもう一冊あるのかと思うと、一体、作者の脳内はどうなっているのか、ほんとうに次作でシリーズ全体が「収束」を迎えるのか、期待と不安が綯《な》い交ぜになった気分に陥ってしまったものである。

そして、本作『リライブ』である。プロローグで、ひとりの女の子の誕生が告げられる。彼女は「小霧」と名付けられる。彼女は何度も転生を繰り返している。一九九二年、一九二三年、一八七八年……名字は「国枝」「一条」「園田」と変わっていくが、いつも名前は「小霧」。そして、血の繋がらぬ兄の名は「ヤスヒコ」。一九九二年七月一日生まれの「国枝小霧」は、自らをこう呼ぶ――「四季を繰り返す女」。ストーリーテリングが極度に散逸していた前作に比して、今回はさすがに完結篇らしい落ち着きも僅かに感じられるが、ややこしいことには変わりはない。解決篇の数だけ不可解が増えてゆく構造も同じである。だがしかし、前三作をとっかえひっかえ読み直しつつ、やがてその作業を諦め放棄して、頭がパンクしそうになりながらもどうにか最後まで読み進んでみると、そこに想像もしなかった光景が広がっていることに気づくだろう。

とりわけ感銘を受けるのは、どうして「re～シリーズ」が全部で四つ書かれなくてはならなかったのかの説明がちゃんとある、ということである。そしてその理由はそのまま、全てのややこしさと面倒くささを超えて、このシリーズ全体のテーマになっている。確かに、読み終えた今でさえ、何もかもが明瞭になったとはとても言えない。だが、それとは別に、ある深い納得と強い感動がラストに待ち受けている。それは「完璧」とは言えないが「無慈悲」でもない。こう言ってよければ、慈悲と慈愛と恩寵に満ちた、ひとつの紛れもない「収束」なのである。この読後感は、今回はじめて附された作者による「あとがき」を読むことによって、確信に変わった。

本作のキーフレーズとして何度も繰り返される言葉は「『あったこと』を『なかったこと』にはできない」というものだ。これはタイム・パラドックスの真理であるだけでなく、法条遥自身の述懐でもあるのではないだろうか。すなわち、書かれた事を書かれなかった事には出来ない。ひとたび出版されてしまった小説は、よほど特別な事情でもない限り「リライト」することは適わない。だから作者は、ともかくも書いてしまった事を踏まえて先に進むしかない。SF史上、疑いなく「最悪」のパラドックス群に彩られたこのシリーズは、おそらくはこの残酷な原理によって駆動されている。そしてこのこと自体が、この複雑極まりない巨大な物語に、尋常ならざるスリルと迫力を与えている。この過激な実験精神と、最後の最後に浮かび上がる恩寵のような何かが、今度どのような作品へと結実してゆくのか、法条遥の今後を見守りたいと思う。

本書は、書き下ろし作品です。

著者略歴　1982年静岡県生，作家
著書『リライト』『リビジョン』『リアクト』（以上早川書房刊）『バイロケーション』『地獄の門』『404 Not Found』他

HM=Hayakawa Mystery
SF=Science Fiction
JA=Japanese Author
NV=Novel
NF=Nonfiction
FT=Fantasy

リライブ

〈JA1189〉

二〇一五年三月二十五日　発行
二〇一六年　九　月十五日　二刷

（定価はカバーに表示してあります）

著者　法《ほう》条《じょう》遥《はるか》
発行者　早川浩
印刷者　矢部真太郎
発行所　株式会社　早川書房
郵便番号　一〇一‐〇〇四六
東京都千代田区神田多町二ノ二
電話　〇三‐三二五二‐三一一一（大代表）
振替　〇〇一六〇‐三‐四七七九九
http://www.hayakawa-online.co.jp

乱丁・落丁本は小社制作部宛お送り下さい。
送料小社負担にてお取りかえいたします。

印刷・三松堂株式会社　製本・株式会社川島製本所

ISBN978-4-15-031189-6 C0193

本書は活字が大きく読みやすい〈トールサイズ〉です。